被愛狠咬一口的掃把星

東山彰良

本作是我在二〇〇六年問世的第五部小說。

距今已經有十五年了，但我仍然記得自己當年的目標。我不知道在台灣如何稱呼，老實說，最近在日本也不常聽見這個字眼了；我當年的目標，即是「另類（offbeat）」的小說。

offbeat原本是音樂用語，指的是將強弱拍放在非一般位置的樂曲。將這個字眼套用到電影或小說上，即是和一般的起承轉合不太一樣、結構有點鬆散的作品。大致上來說，就是描寫一群遜咖想要認真生活，或是想要鑽社會漏洞時所引發的種種詼諧插曲。吉姆・賈木許的電影，以及我很喜歡的台灣電影《大佛普拉斯》，都算是這種另類作品。

有一段時間，我很喜歡昆汀・塔倫提諾與蓋・瑞奇等人拍攝的電影。像丹尼・鮑伊執導的《猜火車》，我甚至還去找厄文・威爾許寫的原作小說來看。看完電影以後又去看原作小說的，還有尼克・宏比的《失戀排行榜》及《非關男孩》等作品。當時，我認為能夠營造出我敬愛的美國犯罪小說家埃爾莫爾・倫納德那種另類感的，只有塔倫提諾一個人。

俗話說得好：「三歲看大，七歲看老。」我到現在還是愛極了另類作品。這次在台灣翻譯出版的《被愛狠咬一口的掃把星》，是比現在更加對另類作品著迷時的我一邊哈哈大笑一邊寫下的小說；然而，每個登場人物卻都是為了突破現狀而認真苦惱。伍迪・艾倫說過，演喜劇最糟糕的事就是演得好笑，我完全贊同。如果我有把這部小說寫好，即使對於登場人物而言是攸關生死的大事，應該也會產生笑點才是。

好笑，抑或不好笑？

台灣的讀者朋友們，閱讀這本小說以後會做何感想，讓我既害怕又期待。就算一點也不覺得好笑，對我而言也是種引人發噱的狀況。我想，這應該就是所謂的另類生活方式吧！

二〇二一年四月

東山彰良

目次

被愛狠咬一口的掃把星（學英語、做伏地挺身、在逃生梯上做愛） 007
抗憂鬱劑 047
偏執狂 085
Go・Go・少年時代 089
獻花給菜刀女（二十把手槍。繼續學英語，做伏地挺身） 121
突破口 153
偏執狂 175
郊狼來了 179
憂鬱纏身（一個屁和少許謊言） 195
副作用 227
烏龜閃電 237
偏執狂 245
我的去路遍布石頭（實踐英語、地球步方、地獄犬） 249

「只要往那個方向走，一定有女孩、夢想與各種事物。我終將在那個方向的某處尋獲珍珠。」

——摘自傑克・凱魯亞克的《旅途上》

被愛狠咬一口的掃把星（學英語、做伏地挺身、在逃生梯上做愛）——智也混蛋哈維和腦殘對對胡幹的好事上了七月十五日的西日新聞。我的青梅竹馬羽生壽與他的盟友北川真太郎，這對高中輟學的難兄難弟終於捅出婁子來了。

Holy Shit（天呀）！

哈維姑且不論，對對胡這小子一旦學會一件事，就會像猴子打手槍一樣，到死都只幹那件事。打麻將也只會做對對胡，我第一次聽十三么，就是被那小子的對對胡給破壞的。別的不說……哎，算了，這不重要。

無論如何，〈流行犯罪，街頭巷尾風行的犯罪〉——雖然只是刊登在社會版角落的小標題，我最好還是做好和那兩個神經傻屄絕交的準備。

一開始就不該為了替哈維打氣而提起那件事的——我的朋友在華沙遇上恐嚇勒索的事。

不過，那一晚是迫於無奈。哈維的老婆被抓了，女兒也死了；哈維自暴自棄，我也喝得醉醺醺的。當時大家應該都認為再不想辦法讓他振作起來，遲早有一天會見血吧！

事實上，哈維那小子真的是不分青紅皂白，見人就咬。他對碰巧在同一家酒吧裡喝酒的老實中國人說什麼南京大屠殺之類的五四三，跟對對胡一起找人家的麻煩；而柴尾明明是當警察的，居然還跟著湊熱鬧，在旁邊搧風點火。

我作夢也沒想到他們真的蠢到幹出這種事來的地步。

那兩個龜兒子確實有一堆飆車族學弟。可是，我們已經二十六歲了耶！都活到二十六歲了還結黨勒索，正常人會幹這種事嗎？

這種情況沒人料得到，真的。

我那個在華沙遇上恐嚇勒索的朋友，是在巴士上被十個人圍起來拿刀子抵住。聽到這件事的時候，我覺得那些人真夠聰明的。我沒說錯吧？不知道會幹出什麼事來的光頭佬足足有十個，任何人都會裝作沒看見。

再說，看在我們眼裡，西方人長得都一樣，對吧？所以波蘭人才會挑日本人下手，因為不會被認出來。一旦下了巴士，事情就不了了之了。

真夠聰明的。

人蠢沒藥醫的哈維跟對對胡就在電車上幹起了這種事。沒有選擇地下鐵，是因為私鐵可以一下車就溜之大吉，不必擔心在場乘客用手機報警，被警察守在地上出口堵人；遇上緊急關頭，只要直接穿越鐵路就能夠脫身了。

對對胡的幫派也有在偽造護照，所以他們起先盯上的是觀光景點的外國背包客。就算沒錢，也一定有護照，對吧？再說，看在外國人眼裡，我們長得都一樣。

然而，某一天，對對胡靈光一閃：其實找日本人下手也沒問題吧？在那些中年大叔看來，最近的年輕人都是一個樣。他奶奶的，這小子在幫派裡明明是隻菜鳥，唯獨這種卑鄙的歪腦筋動得特別快。

至於他們是怎麼做的嘛，首先，他們找了二十個飆車族學弟，分別從各站上車；這麼一來，就沒有事前被警察抓走的風險了。

再來，他們用手機互相聯絡，一起殺到事先盯上的目標所在的車廂。這應該不難想像吧？被二十個太保團團圍住，大多數人都是束手無策，就連車掌都裝作沒看見。大家一擁而上，把可憐的中年大叔扒個精光以後，便若無其事地在下一個車站下車。

這就是博多版華沙式勒索。

到目前為止，居然沒半個人被抓，實在太神奇了。而且那些飆車族學弟並不是為了錢而幹這種事，更是便宜了哈維他們。那些學弟都是無所事事的小鬼頭，只要能夠排遣無聊，什麼事都願意做。

所以戰利品幾乎都被哈維和對對胡平分了。我現在戴的泰格豪雅錶也是他們給我的。

不過，偶爾也得給這些學弟一點甜頭吧？所以哈維就發安仔給這些小鬼頭。有夠聰明的，因為這些小鬼頭上了癮以後，就會變成哈維的主顧。

話說回來，這種行為居然流行起來了。這個社會到底怎麼了？

「喂，智也！你要大到什麼時候！」

老爸一面怒吼，一面踹門。

我嚇了一大跳，肛門整個縮起來了。

「我說過幾次了，別把報紙帶進廁所裡！」

我連忙擦屁股，穿上內褲，沖掉大便，離開廁所。

「還有，電風扇不要一直開著。」

老爸搶走報紙，並用報紙敲了我的腦袋一記。

這是什麼態度啊？

他到現在還是認為老媽離開是我造成的，也不反省一下自己。

「你有意見啊？」

「沒有。」

「那種眼神是什麼意思？」

我撇開了眼睛。「我說了，我沒有意見。」

當我走過他的身邊時，一股活像把腐爛的內臟泡在日本酒裡似的氣息迎面撲來。現在才下午三點，他就開始喝酒了。接受生活補助的人居然是這副德行。

「工作呢？」

我假裝沒聽見，關上自己的房門。等我有了錢，我會立刻離開這種貧民窟。

西照強烈的三坪小房間總是收拾得乾乾淨淨。

畢竟一天待在房裡的時間很長，要是房間亂七八糟，連自己內心比較像樣的部分都會跟著變得亂七八糟。

小學的時候，我常跟著老爸一起去能古島釣魚。雖然現在的他是個無藥可救的廢物，他奶奶的，唯獨釣魚的本領是真的很高竿。老爸在五島釣到的大黑鯛製成的魚拓到現在還掛在我家的客廳裡。

有個我不知道本名叫什麼，不過老爸都叫他「小達」的大叔常常會跟我們一起去釣魚。他的額頭上有道很大的疤痕，聽說是被石頭砸傷的。

老爸、小達、我和柴尾一起去過某個地方。當時我小五，是搭著渡輪去的。我們釣魚的地點很偏僻，幾乎是在島的另一側，那裡好像有間廢棄的船屋。老爸和小達起先會乖乖釣魚，但是沒多久就開始喝起啤酒來了。烈日當頭，手指被海蚯蚓的血弄得黏糊糊的，又有濕黏的海風纏繞；渾身髒兮兮的中年大叔在這樣的午後喝著啤酒，就連我這個小孩看了，心裡都忍不住暗想：啊，我絕對不要變成這副德行。

柴尾那小子從以前就是三分鐘熱度，當天也一樣，不到一小時就滿口怨言，說什麼一點也不好玩、在家打GAME BOY還比較有意思，後來乾脆把釣竿扔在原地，自己一個人跑去散步了。

現在回想起來，假如我沒邀那個死胖子，事情也不會變成那樣。

總而言之，我獨自想像著真鯛上鉤的情景。哈維之前在同一個地方釣過真鯛，雖然只是巴掌大的小真鯛，但依然是鯛魚。你懂吧？鯛魚可是釣客的夢想啊！

就在我迷迷糊糊地望著大海時，柴尾神色倉皇地衝了過來，氣喘吁吁地要我跟他走。

我被他拉到船屋一看，發現老爸和小達抱在一起。

當時我真的凍結了。

小達從背後抱住老爸，一面舔老爸的脖子，一面把手伸到胯下。

哈維他哥拿A書給我們看的時候，我只覺得好下流，大人都在做這種事嗎？但眼前的光景可不是這幾句話就能打發的。那就像是小學生想像得出的骯髒事物全都聚在一起的感覺，當時我真心祈禱上天打雷劈死這兩個傢伙。

慌張失措的我拉著柴尾離開船屋，把他扁了一頓。這麼做是為了封口。死胖子口風還算緊，不過這件事非同小可，還是小心為上。

不過，後來呢？

由於太過震驚，那陣子我一直尿床。這就是所謂的父債子償嗎？

我都已經五年級了，老媽當然也覺得不對勁，就去質問老爸；不過老爸打死都不肯鬆口，完全問不出個所以然。

某一天晚上，真相終於曝光了；好像是我說夢話時爆出來的。

所以老媽就帶著我離家出走了。
仔細想想，在那之後到國中畢業為止，我和哈維他們都沒有來往。因為我轉學了。
升上高中以後，才又開始玩在一塊。
柴尾就在隔壁班，哈維讀的雖然是其他九流高中，但他和柴尾一直有聯絡；後來在哈維的介紹之下，我認識了北川「對對胡」真太郎。
老媽和鄰居的歐巴桑去印尼玩的時候，遊覽車掉下懸崖，老媽就此成仙。
所以從高中二年級的秋天起，我又回到這個活像糞坑的公宅生活了。而我只不過是在大便的時候一直開著電風扇，就被同志老爸打頭。
操你媽的！
我脫下T恤，擦拭腋下之後扔到床上，開始做起伏地挺身，但是才做五下就滿身大汗，做不下去了。
無可奈何之下，我決定來背今天的英語。
我翻了翻字典，找到了感興趣的句子。
「Don't stuck up.」我唸出聲音來。「別自以為是。」
我露出了賊笑。

說起曼谷的背包客聚集地，就是廉價旅社林立的考山路。我想像自己在那兒的小巷裡和窮酸白人對峙的情景。原因只是芝麻小事，因為我瞄了對方的女人一眼，或是對方瞪了我一眼之類的。而在走出餿味瀰漫的酒吧時，對方亮出了刀子。

「☠☠☠！」窮酸白人用英文說了些我聽不懂的威脅話。「☠☠☠！」

我從容不迫地攤開雙手，帥氣地回答：「Hey, man. Don't stuck up.」

我在〈今日英語簿〉裡寫下了剛背好的句子。Don't stuck up.

「好。」

我開始喃喃自語地複習這個禮拜背下的英語。

Let's nail down the place and time.

——決定時間和地點吧！

You wanna hook on Saturday?

——星期六要不要出來見個面？

Are you on drug?

——你吸毒啊？

That sounds very likely.

——有夠老套。

The music is a kick-ass.

——那首歌超讚的。

旅行需要的除了錢以外，還有足以撐鬆T恤、略微浮誇的肌肉與英語。

順道一提，昨天背的是「Leave my girl alone（別碰我的女人）」，前天背的是「Let's cut loose（放鬆一下吧）」。

每天背一句，一年三百六十五句。等我手上有閒錢，我就會上拳館。自己一個人悶頭做伏地挺身，效果太有限了。

我一面背誦今天的英語，一面播放理奇馬利與旋律創作者合唱團（Ziggy Marley & The Melody Makers）的ＣＤ。

話說回來，熱成這樣，什麼事也做不成。雖然什麼事也做不成，待會兒還是得去工作。

工作就像是斤斤計較的女人，我不先伺候她，就嘗不到甜頭；什麼不求回報的愛情，根本是笑話。如果有說這種話的女人接近我，我一定玩完就甩了她。

我迷迷糊糊地望著貼在牆上的學研世界地圖。

理奇的牙買加唱腔從敞開的窗戶流向了世界，宛若熱氣球一般，帶著我的心飛越攝氏三十七度的悶熱空氣。

地圖上有條自上海出發，行經四川與西藏，抵達尼泊爾的紅線。那是五年前我花了三個半月行走的路線。

從俄羅斯進入歐洲的路線則是藍色的。同樣的藍線也貫穿了北美大陸與南美大陸。

我的夢想。

高中畢業以後，我在一家小型印刷廠工作了一年，當時曾在通勤轉乘站和別人幹架。對方是坐在同一個車廂裡的上班族，原因是上電車的時候，我的背包撞到了他。

要問我想說什麼，就是打架、摔車、在山裡遇難、遇到熊這類可能使得人生脫離常軌的事是會不時發生的。就像是自己內心的某種開關突然打開了，或是突然覺得一切都無所謂了。

這種時候，消極的解決方法就是逃避，而我的逃避之旅即是從亞洲到歐洲，從阿拉斯加到布宜諾斯艾利斯之間的藍線。

我將視線移向窗外，發現一輛從未看過的藍色轎車正駛向我們這棟樓。

正因為從未看過那輛車，我一下子就明白那是對對胡的車。那小子自己沒車，總是開著哥哥的車或是別處偷來的車四處跑。

聚集在鄰棟的五、六個小鬼走向對對胡的車。他們全都打赤膊，穿著鬆鬆垮垮的NBA球褲，是一群連高中也沒上的米蟲，成天在社區裡鬼混。

留著玉米辮雷鬼頭的小鬼把臉湊向駕駛座，說了一、兩句話之後便打直身子，指著約二十公尺前方的消防栓，接著又說了幾句話。一個拳頭從駕駛座伸了出來，玉米辮頭也舉起自己的拳頭輕輕相碰。

對對胡的車子開始往後退。

小鬼們調高了收音機的音量，整個社區的玻璃窗都跟著芭樂嘻哈歌一起震動起來了。

各扇窗戶同時展開了怒罵齊射。

藍色轎車的輪胎猛烈空轉，一面噴出白煙，一面磨削瀝青；發出的聲音將盤據破舊社區的睡意全都吹散了。

車子猶如飛出的砲彈一般筆直地衝向消防栓。

我忍不住從窗緣探出身子。

足以撼動社區的劇烈衝撞聲被小鬼們的歡呼聲蓋過了。

天啊！

歡天喜地的臭小鬼們爭先恐後地衝進從傾斜的消防栓裡猛烈噴出的水中。

環顧四周，幾顆寒酸的腦袋從寒酸的窗戶探了出來。

「又是羽生和北川對吧！」老爸大聲嚷嚷。「喂，快點打電話報警！」

濕答答的藍色轎車緩緩地往後開，哈維和對對胡在規律擺動的雨刷後頭對我揮手。

兩分鐘後，從蹣跚學步的幼兒到身穿丁字褲的老頭，大家全都巴著損壞的消防栓不放。

理奇馬利的歌聲縈繞整個房間。

噴出的水製造了一道小小的彩虹。

每個人都像是要找回什麼似地拚命玩水。

只要在太陽底下待個一分鐘，全身上下的蛋白質就會凝固般的酷熱午後。報紙上說今晚也是超熱帶夜（註1），已經持續十五晚了。

沒有錢，也沒有未來。

偶爾要有這種甜頭才撐得下去。

「智也？」

哈維那雙混濁的眼睛正透過車內後照鏡注視著我。這傢伙死了孩子以後吃了一堆百憂解，所以雙眼總是混濁無神。他的大腦整個泡在血清素裡了，有時候會突然抓狂起來。面對這種眼神的哈維，我總是盡量順著他。

1　日本氣象用語，意指最低氣溫在攝氏30°C以上的夜晚。

「上次說的那件事，什麼時候要行動？」

「下禮拜吧！」坐在後座的我姑且陪他聊下去。「就是那小子來聽檢查結果的時候。」

「準備好了嗎？」

「我會好好教訓他的。」

「什麼事？」坐在副駕駛座上的對對胡插嘴問道：「你們在說什麼？」

「法務局那邊……」哈維轉動方向盤，用嘶啞的嗓音回答：「不是有棟叫做天馬的大樓嗎？」

「就在市民活動中心隔壁吧？」對對胡說道：「對對對，的確有。」

「那棟大樓是智也的清潔公司在打掃的。你知道五樓是中央保健所吧？」

對對胡搖頭。

「那裡每個禮拜，呃……」

哈維的混濁視線透過車內後照鏡飛來。我感到厭煩，但是又不能不給他臺階下。「禮拜三。」

「對對對，禮拜三。」哈維重複一次以後，繼續說道：「都有愛滋病檢查。」

「啊？」對對胡歪起嘴巴。「愛滋病檢查？」

「有一個人每個月都來檢查，對吧？」

「我負責清掃那棟大樓已經有四個月了。」我說道：「他每個月都來報到。」
「然後，之前智也正在拖地的時候，他把嘴裡的口香糖吐到地上，對吧？」
「還說了一句『收拾乾淨，掃地工』。」
「真的假的？」對對胡回過頭來。「是什麼人啊？」
「八成和那一帶的服飾業有關係吧？」
「那你要怎麼教訓他？」
哈維一面閃過前車，一面催我說明。
「上禮拜那傢伙來檢查的時候，保健師老太婆正好鬧肚子，一替他抽完血就立刻衝去廁所；所以我就偷偷溜進房間，看那傢伙的掛號號碼。」
「嗯，嗯。」對對胡的雙眼閃閃發光。「掛號號碼？」
「愛滋病檢查不必填寫姓名，是透過掛號號碼告知檢查結果的。」
「原來如此。然後呢？」
「然後，填寫檢查結果的紙……叫做抗體檢測報告單，我昨天偷了一張過來。」
「換句話說……」唯獨這種事一點就通的對對胡露出了共犯的表情。「你在那張紙上……」
我斷然說道：「填了陽性。」
「下禮拜的什麼時候？」對對胡喜孜孜地問道：「有沒有我可以幫忙的地方？」

「禮拜三。」哈維插嘴：「柴尾沒值班，也會一起去。」

「媽的，我要顧事務所。」

對對胡那副失落的模樣教人看了很想緊緊抱住他，因此我改變了話題。「別說這個了，你們看過報紙了嗎？」

哈維和對對胡互相使了個眼色，面露賊笑。

「見好就收吧！」我說道：「搞華沙式勒索被抓的人說不定會把你們供出來，你們最好叫那些學弟也克制一點。」

對對胡露出狡猾的笑容。「別用華沙式勒索這個詞嘛！」

「流行犯罪！」

哈維叫道，兩人互相擊掌。

這對傻屄真夠冷的！

不知道在哪裡看過一種說法：妓女大多很享受妓女生活。這句名言也完全適用於犯罪者身上。

由於和消防栓搏鬥，保險桿整個歪了的藍色 Impreza 在國體道路上左轉，駛進了西路。

我對哈維說道：「找個能停車的地方放我下車就行了。」

「今天是哪裡？」對對胡詢問。

「太陽能之家的體育館。」我拍了拍哈維的肩膀。「用走的比較快。要是遲到就糟了。」

哈維將車停靠到步道邊，完全不管後車的喇叭聲，悠然回頭說道：「工作結束以後打電話給我。」

「喏，就是柴尾說的那個嘛！」對對胡補充說明：「煙燻哈瓦那？」

「嗯。」我下了車，繞到駕駛座邊。「我會打電話的。」

哈維伸出拳頭。他的手背上有個褪色的火箭刺青。

我一面認真思考該如何和這些犯罪者絕交，一面用自己的拳頭碰撞火箭箭體。

比起舞蹈，瑪卡蓮娜更像體操或盂蘭盆舞；舞池裡的男女老少排成一列，跳著同樣的舞步。

舞步和手勢都是簡單至極，但我們的動作卻生硬得猶如學猴戲的猴子。

僅僅二十分鐘就脫離戰線了。

光是跳個瑪卡蓮娜就這樣了，還想跳騷莎？我看去練習飛天還比較實際一點。

身旁的人全都閃閃發光——是珠光寶氣的意思。有的戴金項鍊，有的戴金手鐲，三分之一的男人梳著油頭，女人都穿著內褲幾乎快見光的迷你裙和高跟鞋，而我穿的竟然是短褲、涼鞋加巴布・馬利的T恤。

對對胡穿的是粉紅色夏威夷襯衫加牛仔褲，以及足以刺殺人的西部牛仔靴；而哈維則是坦克背心加太保常穿的那種鬆鬆垮垮的紅色運動外套。

當然格格不入了！

只有經驗老到的柴尾懂得分辨時間、地點與場合，穿上了我從沒看過的正裝襯衫，在舞池正中央跟一個活像土偶的女人熱舞，腰桿宛如美國餅乾一般互相碰撞。

這個土偶女就是他提到的那個女人？幸好是個醜八怪，要是她長得很可愛，我真的會抓狂。

哈維像蒸汽火車一樣不停地吞雲吐霧，對對胡則是猛灌龍舌蘭一口杯。

即使如此，我們依舊沒有離店；一方面是因為時間不早不晚的，另一方面則是因為我們始終無法拋棄那一絲期待——搞不好柴尾說的是真的。

我和柴尾在我的房間裡喝酒的時候。

該說是必然的發展？一如平時的發展？還是唯一的發展？總之話題又扯到了性事上。

根據我們口沫橫飛的柴尾將司老弟所言，他在一家叫做「煙燻哈瓦那」的酒吧釣到了一個女人，而且和她在酒吧外頭的逃生梯做愛。

柴尾是派出所員警，不過有一點我必須聲明，那就是他是個體重近百的胖子，腋下總是帶有汗漬，而且還是個少年禿嫖妓王。

「她跟我說，喜歡跳騷莎的人老了以後也可以在派對上跳舞，感覺很棒。」

老實說，我陷入了輕微的休克狀態。

「什麼派對啊？這裡是博多耶！」柴尾像彈珠臺一樣劈里啪啦地說道：「說穿了，她根本沒發現自己是在物色男人，而且年齡層還很高。拜託，騷莎耶！騷莎。智也，你應該懂吧？」

我猶如乞求寬恕的奴隸，虛弱無力地搖了搖頭。

「我是在說印象啦！印象。拉丁民族給人的印象，就是充滿熱情或黏巴達之類的吧？」

我宛若忠心耿耿的家臣，強而有力地點了點頭。

「對於日本人來說，印象就是一切，對吧？你也知道，我有點像拉丁人。」

他的體毛的確很濃密。

柴尾喝燒酒喝趴了以後，醉眼矇矓、怒火中燒的我覺得自己好可憐，忍不住打電話給哈維。

果不其然，柴尾的成功故事同樣激怒了哈維。**別把死胖子吹的牛皮當真！**哈維嘴上雖然這麼說，但我們倆都無法完全否定那番話中的一抹真實感。之後，哈維不顧當時是凌晨兩點，打電話給對對胡，而感染怒意的對對胡又打了電話給我。

我們痛批柴尾一頓之後，達成了共識——如果真的有這種極樂淨土，當然要去一探究竟——並掛斷了電話。

我知道曲子變了，但是完全聽不出有何不同。

舞池裡的人彷彿要強調自己不是跑錯棚的糊塗蟲一般，三不五時就一起發出怪聲；這種時候我總是嚇一跳，活像不小心踩到地雷。

我們坐在遠離舞池的角落桌位上，借助酒力，拚命炒熱氣氛。

「仿照裝熟詐騙，定名為裝屎詐騙。」對對胡展示他的新詐騙點子。「方法是這樣，首先，打電話給智也負責打掃的運動俱樂部，威脅對方如果不匯錢到指定帳戶，就要把大便扔進游泳池裡。游泳池換水得花費上百萬圓，所以對方絕對會付錢。運動俱樂部的客人大多是女人，要是被扔大便，打擊可大了。對方如果不付錢，智也就偷偷把大便扔進游泳池裡，簡單安全又確實，對吧？站在運動俱樂部的立場，這可不是換水消毒就能了事的。仔細想想，如果御好燒店的鐵板被人大便，就算再怎麼強調已經加熱殺菌過，一點也不髒，客人還是不會上門吧？」

這個白痴引火自焚的日子應該不遠了。

「你們知道金日成替自己立銅像的事嗎？」這一頭，哈維則是滔滔不絕地說起北韓的壞話來了。「他立的銅像是金色的。訪問北韓的毛澤東看到銅像以後，說：

『我說你啊，哪有人把銅像漆成金色的？』結果你們知道金日成那個王八蛋怎麼做嗎？他叫人把銅像改漆成黑色。北韓沒有中國，就一事無成。民主主義人民共和國？雖然這個世界本來就充滿謊言，不過這種漫天大謊也算是很少見了。」

我是造了什麼孽，才會和這些魯蛇來往？就在我開始質疑自己的人生之際，手機響了。

「喂……」

「都是你害的！」

突然在耳中爆裂的怒吼聲令我驚慌失措，忍不住站了起來，擺出立正動作。

「全都是你的錯！」

怒罵聲從我連忙用手摀住的話筒外洩出來。

「呿！又是女人？」對對胡嘲弄道：「受歡迎的男人真辛苦啊！」

哈維對我投以猶如看到內褲沾上大便般的視線；我轉過身，快步走到店外。

「喂、喂？」

「你這個變態！」

「對不起。」

在一段詭異的空白之後，傳回來的是麻美試探性的聲音。「我什麼都還沒說吧？」

「就算這樣，我還是該說聲抱歉。」

高昂的情緒隨著電波傳來。「智也，你說過吧？」

「說過什麼？」

「想要的時候說出來很正常。」

「妳在說什麼？」

「口交！」

「嗯，很正常吧？」

「不正常！」

「妳的男朋友說了什麼嗎？」

「他說『正常女人不會主動說這些』。」麻美頓了一會兒。「活像我很淫蕩一樣！」

「妳是怎麼說的？」

「還能怎麼說？」麻美結結巴巴。「就照常說啊！」

「妳叫他舔妳嗎？」

「是你說說出來很正常的耶！」

我回想了很多遍，這半年間，麻美前前後後總共暗示過結婚三次。第一次是在她的生日一陣纏綿以後。「我爸媽逼我去拍相親照。」

第二次是在鷹隊追平七分差距，打贏鬥士隊的那一天。「烏克麗麗教室的老師邀我去吃飯，不過我拒絕了。」

第三次是在哈維的老婆被抓的那一天，我陪哈維留在警署；半夜一點時，她打電話到我的手機來，說了一堆沒頭沒腦的廢話以後，突然冒出一句：「不知道我們十年以後在做什麼？」

「全都是你的錯！」麻美大吼。

「對不起。」

「你根本不這麼想！」

「欸，我們已經分手了吧？」

「另結新歡的是妳吧？」

麻美不發一語。

「為什麼我得受這種罪!?都是你害我被當成玩得很凶的女人！」

「不是我害的吧……」

「是你說很正常的！」

「可是，妳的確玩得很凶啊！」

「認識你之前，我從來沒有主動要求人家舔我！」

「妳今年三十三歲了吧？」

「那又怎麼樣？」

「有點性癖也很正常吧？」

「正常女人不會主動要求人家舔！還有，你沒資格評斷正不正常！」

「所以我不是道歉了嗎？」

「現在道歉也沒用了！」

「不然妳打電話來幹麼？」

電話喀一聲掛斷了。

我蹲在步道上，點燃了香菸。

老實說，比起自己十年後在做什麼，我對鷹 VS 鬥士大戰還比較感興趣一點。

我一面吞雲吐霧，一面望著在路上昂首闊步的女人們。

迷你裙底下的雙腿，肩頭露出的胸罩肩帶；看著這些與自己無緣的女人，我突然覺得好可悲。

果不其然，一分鐘後，手機又響了。

「你這個人一輩子都不懂怎麼愛人！」

「我知道。」

「你是個騙子、花心蘿蔔，自私自利的人渣！」

「這個我也知道。」

「你有想過我為什麼會另結新歡嗎？」
「這已經不重要了。」
「就是因為你完全不綁住我！」
「麻美……」
「男女交往就是要真心相待，適度地綁住對方吧!?你還年輕，或許無所謂，可是我呢？我算什麼？只是砲友嗎？」
「不是啦！」
「你根本不懂我的心情！也從來不想懂！」
「妳說是就是吧！」
電話喀一聲掛斷了。
我關掉手機電源，回到店裡，暗自尋思該不該更換電話號碼。
都離席了，順便去上個廁所吧！我一面小便，不經意地哼起 Tommy Conwell & The Young Rumblers 的《I'm Seventeen》。

我十七歲
我只知道
你不懂我的心

失去性愛的悲哀、失去的性愛歸他人所有的惱怒、或許再也無法擁有性愛的焦慮——失戀的本質，就是這三者的總和。我把它稱之為「泥淖三角形」。這種三角形的形狀因人而異，而最糟的當然是正三角形。若是變成正三角形就沒救了，只能找精神科醫師或牧師。

麻美因為我而痛苦——光是想像，我就通體舒暢。最好雪上加霜，讓那個賤貨跌倒，摔斷恥骨。

我甩動濕答答的手走出廁所，只見有個腳長得像羚羊，人也長得像羚羊的女人在等我。

女人倚著牆壁吸菸，穿的是亮片迷你裙加粉紅色吊帶背心。當我在狹窄的走道上與她擦身而過之際，她突然開了口。

「你完全不跳舞耶！」

我回望走道，確定她是在跟我說話之後才回答：「我不會跳舞。」

「你是柴尾先生的朋友吧？」

這個女人就是柴尾說的那個人？我如此暗想，再次打量她的全身上下。迷你裙宛若魚鱗一般閃閃發光。

「柴尾常來這裡嗎？」

「他常來上週四的課。」

「課？騷莎舞的嗎？」那個臭小子，居然瞞著我們。「這麼說來，呃……」

「我叫菜美子，菜葉美麗的女子。」

「這麼說來，菜美子小姐也有在上課？」

「沒有每週都來。」說完，她像是有了什麼重大發現似的，高聲叫道：「對了！」

「什麼？」

「呃……」

「啊，我姓堤。」

「堤先生要不要也來上課？」她興沖沖地說道：「男士很少，如果堤先生加入，大家都會很高興的。」

「不，我……」

「堤先生一定很搶手。」

「真的假的？」

「柴尾先生也很搶手啊！」

「那個死胖子？」

「非常搶手，因為他舞跳得好，人又溫柔。」

柴尾和女人在逃生梯上結合的畫面栩栩如生地浮現於眼前。那個死胖子一面晃動充滿吉利丁的白屁股，一面與菜美子啪啪啪。

光是想像，腦部的血管就快爆裂了。

我鬼鬼祟祟地環顧四周之後，對菜美子附耳說道：「妳想不想知道柴尾的祕密？」

「啊～耳朵一被吹氣，我就慾火焚身。」

「……」

菜美子的眼中閃爍著愉快的光芒。

我清了清喉嚨，重整陣腳。開始過招了。「那小子最近開始嘗試某種健康法，妳知道是什麼嗎？」

「咦？什麼什麼？」

「妳不會跟他說是我說的吧？」

「嗯，不會不會。」

我賣了個關子以後，透露了重大機密。「鼻屎健康法。」

菜美子愣了一愣，臉頰隨即變得紅通通的，歡喜在體內迸裂開來。「不會吧！」

「真的真的，說是吃乾燥過後的鼻屎，可以提升免疫力，不知道是澳洲還是奧地利的博士研究出來的。」我不著痕跡地抓住菜美子的上臂，將她稍微拉向自己。

「妳要不要試試？鼻屎健康法。」

「好髒喔！」菜美子叫道，格格笑了起來。她並沒有甩開我的手的意思，反而頻頻對我送秋波。

這傢伙真的有夠騷！

「別說這個了，妳渴不渴？」我用手環住她的纖腰。「要不要去喝杯啤酒？我也想問問上課的事。」

我們並肩坐在吧檯前喝可樂娜啤酒。

往桌位的方向一看，柴尾正在喝跟廁所清潔劑一樣藍的雞尾酒。這種軟趴趴的傢伙，正適合喝這種軟趴趴的酒。

柴尾身旁的哈維用誇張的動作比中指。我知道他表面上像在開玩笑，其實是認真的。他的表情活像看到和自己約好一起跑到終點的人居然拔腿進行最後衝刺。

嘿，活該！

菜美子詢問我的職業，我隨口胡謅正在攻讀經濟研究所；她雙眼發亮，興高采烈地表示自己也在讀研究所，專攻英美文學。

我提起波斯灣戰爭、年金問題及大浦洞飛彈等話題，而菜美子則是針對一個我連聽都沒聽過的俄羅斯作家鮑里斯・阿庫寧發表高談闊論。

雖然我們的話題稱不上契合，但是氣氛依然很熱絡。正因為太過熱絡，我甚至有些不安：背後該不會有什麼陰謀吧？

在這種情況之下，言語只是潤滑劑，作用不多也不少。聊得很開心這個共識才是重點，內容只是其次，邏各斯也只有下放二軍的份。多虧了嘗鮮的期待感，知道了無害、不知道也無妨的話題信手拈來，毫無冷場。

「唔，所以阿庫寧是取自於日語的惡人嗎？」我算準時機，輕輕打出一記刺拳。「菜美子小姐，妳有男朋友嗎？」

「提到這個我就頭大。」她那雙凝視著可樂娜酒瓶的眼睛閃過了一抹空虛。「你願意聽我吐苦水嗎？」

「當然。」

「他不肯跟我分手。」

我用眼神催促她說下去。

「他的男女關係很亂……老是劈腿，所以我主動跟他提分手。」

「他不肯？」

「他居然打電話到我家來，跟我姊商量我的事耶！你敢相信嗎？他外表看起來很老實，所以我姊一下子就被他騙了。」

「他做了什麼事？」

「發動眼淚攻勢，最後還約我姊出去。」

「哇，爛透了！」

「對吧？然後跟我姊也……」

「真的假的？」

她點了點頭。「他是我研究所的同學，知道我的上課時間，趁著我上課的時候打電話去我家。我姊平時都待在家裡幫忙家務。然後，我說要分手，他就哭著道歉；我不肯原諒他，他就一天連傳好幾封郵件到我的手機來。你聽了有什麼感想？」

「禽獸不如，根本是跟蹤狂嘛！」

「對吧？我也不想待在家裡和姊姊面對面。」菜美子喝了口啤酒潤喉。「所以常來這裡跳舞。」

「不然我們離開這裡，去別的地方續攤吧？老實說，我也剛分手。」

「真的嗎？」

「對方是柴尾上的大學的英文老師。」

「年紀比你大？」

「大七歲。明明是她先另結新歡的，卻老是打電話給我，說些有的沒的。」

「就是有這種人，自己不幸福就不甘心。」

「所以啦，說真的，如何？」

「咦～我想想。」

菜美子的眼中浮現了 OK 符號。

我快通過考試了。

然而，在得到具體答覆之前，背後傳來了一道聲音。回頭一看，一名讓人一瞬間不禁倒抽一口氣的大漢正笑咪咪地俯視著菜美子。由於他笑容滿面，我也忍不住跟著點頭致意。

他那肌肉結實的上半身穿著貼身的灰色T恤，理了個大光頭，戴著金色耳環，留著山羊鬍，而且……

「Hi, Namiko.」

「Bob?」

「What's up?」

「You son of a bitch!」

是個黑人。

打亂人生的事物多不勝數，不過，對於男人而言，頭號戰犯應該是或許有砲可打的僥倖心態。

即使所有指標都是否定的，還是無法割捨一線希望，導致最後失去一切——這樣的人古今中外比比皆是。明明該立刻放棄，卻怎麼也做不到。以現在這個瞬間、這個地點為例，沒錯，就是在說我這樣的大白痴。

店裡的人全都不著痕跡地關注事態的發展。

「別再糾纏我了！」察覺自己是在別人的主場比賽，菜美子立即切換為日語，斥罵黑人。「別管我！」

「菜美子，我真的知道錯了。」

「你知道你給大家製造了多少麻煩嗎!?」

「我保證，我絕對不會再那麼做了，妳別生氣了，好不好？我們是天生一對，因為有妳，我才能在日本打拚。」

我懷著猶如變為伍迪・艾倫般的悲慘感覺，成了兩人之間的夾心餅乾。如果我真的是夾心餅乾倒還比較好。

「你做了那麼惡劣的事，還敢說這種話!?你知道我家變成什麼狀態嗎？大爛人！」

「我不是大爛人。妳姊姊的事不是我的錯，是她……」

「任誰聽了都會說你爛！」她抬起手臂，豎起食指，指著我的鼻尖。「不然你問問這個人！」

大漢用殺人犯一般的眼神看著我。

我的腳下喀拉喀拉地崩塌了。

人生並非總是令人難堪，但也相當接近了。即使偶爾有好事發生，難堪的事總是躲在暗處伺機而動，試圖將我的好心情破壞殆盡。

「你跟他說啊！」菜美子高聲說道：「堤先生，你也說過這傢伙爛透了吧!?」

天啊！這下子他知道我的名字了。

「你還說他『禽獸不如』，對吧!?」

「啊，哎，呃……」我連屁眼都狂冒汗。「這、這種事情，的確不太……」

大漢臉上的表情消失了。

而我臉上的血色也消失了。

菜美子咄咄逼人。「你跟他說清楚啊！」

「呃，可是，喏……」

冷汗沿著背肌滑落。

「☠☠☠。」大漢指著我。「☠☠☠！」

考山路的小巷子裡。

對手不是窮酸白人，卻也是毫不遜色的強敵。眼下我的回覆只有兩種選項，Don't stuck up（別自以為是），或是 Leave my girl alone（別碰我的女人）。不過，這個騷貨還不是我的女人。

「咦？什麼？」我把視線轉向菜美子，聲音活像遇上勒索一樣微微地往上飄。

「他、他說什麼？」

「『給我滾，不然打斷你的腳。』」

「Come on.」大漢加上了挑釁手勢。「☠☠☠。」

「『我會讓你死得很難看。』」菜美子再也按捺不住，氣呼呼地質問我：「堤先生!?」

酒吧裡的所有人，不，世界上的所有人都在關注我的一舉一動。

日子還是得過下去。

今日英語的模擬劇總是在把背好的句子唸完的那一刻告終，窮酸白人煙消雲散，只剩下句子留在腦海裡。不過，日子還是得過下去，而留在腦中的句子往往沒有用武之地。

「B-b……brother!」

整間酒吧變得鴉雀無聲。

「I am b-brother!」總之，得說點什麼才行！・「F-friend! N-no angry!」

眼角餘光映出了跌倒的柴尾。

活潑的騷莎舞曲聽起來宛若安魂曲。

媽的，明天起我要好好做伏地挺身——我在心裡發毒誓。

「☠☠☠！」大漢用渾厚的嗓音說了些話。

菜美子一板一眼地翻譯：「『娘娘腔。』」
大漢掀起厚唇，胸肌隆起，伸出了活像拳擊手套的大手。
菜美子睜大了眼睛，柴尾則是閉上了眼睛。
娘娘腔娘娘腔娘娘腔娘娘腔娘娘腔娘娘腔娘娘腔娘娘腔娘娘腔！
我拍掉他的手，為了打碎腦中的聲音，反射性地朝著他的鼻子揮出一拳。
整間酒吧彷彿化為一隻生物似地倒抽了一口氣。
傻屄摀著鼻子，帶著 Oh my God 的表情看著我。
奇襲是自珍珠港以來的日本傳統。面對再怎麼掙扎也敵不過的對手，也只能用這招了。
搞不好能贏——一瞬間，我如此暗想。
我打直腰桿，挺起胸膛。
老實說，我並不是毫無勝算。在打起來之前，應該會有人出面阻止；就算真的打起來，我不認為一個讀到研究所的人會下殘酷無情的毒手。再說，我們可是有三個人——膽小鬼柴尾不算數。
我瞥了桌位一眼。
靈魂頓時出了竅。
驚慌失措的我視線拚命游移。

「哈維他們……」柴尾露出活像打手槍被母親發現的表情，說道：「已經先回去了。」

就算沒有我，地球照樣運轉。

非洲有數以百萬計的小孩挨餓，北韓人民處於專制壓迫之下，中國的世界遺產被水淹沒，蓋達組織製作炸彈，以色列和巴勒斯坦還是老樣子，愛滋病特效藥正在開發中，遇上重大危機的時候朋友自動消失。

大漢像鬥牛一樣直衝而來。

孤立無援、形單影隻的我束手無策，挨了記下巴幾乎快脫落的重拳，飛到了銀河系的另一端。

我埋在倒塌的椅子底下，險些尿褲子，開始認真考慮自己是否該磕頭求饒。當然，前提是磕頭求饒對這位兄弟管用。

「Come on.」大漢踹飛了椅子。「☠☠☠！」

「『娘娘腔！』」菜美子又鉅細靡遺地轉述：「堤先生，他又罵你娘娘腔了！」

當我回過神來時，我已經撲向大漢了。

遠處傳來了尖叫聲，周圍一陣騷然。

我拚命地揮臂。

結結實實地挨了好幾記重拳。

兄弟猶如惡魔一般狂吼。

就在我隨手抓起玻璃菸灰缸砸落時，店裡的人架住了我。

之後的事我記不清了。

「智也！」柴尾的尖銳聲音直搗鼓膜。「我們快走吧！欸，智也！」

我被一群人架住，從大漢身邊拉開；又或許是兄弟被人從我身邊拉開也說不定。

亢奮的柴尾頻頻宣揚美帝主義的實體，一下子說第二次世界大戰時羅斯福說過日本人的腦袋就和猴子一樣，一下又說《人猿星球》裡的人猿是以日本人為原型。

我幾乎沒在聽。

一看拳頭，不知道是不是被牙齒弄傷的，中指有道大大的傷口。愛滋病毒不會從傷口跑進來吧？我捏了把冷汗。

我們無精打采地走向柴尾停放 FAMILIA 的投幣式停車場。

半路上，我們遇上了一對白男日女情侶。女人指著我們，男人則是不情不願地聳了聳肩。

「不好意思。」女人嗲聲嗲氣地向我們攀談。「請問離這裡最近的賓館在哪裡？」

我和柴尾面面相覷。

白人的T恤胸口上印著「LOVE BITES（愛會咬人）」。他長得一副一板一眼的學者樣，臉上始終掛著令人痴迷的笑容，一看就知道跟韓國偶像明星一樣，只是假笑。

女人的乳溝確實具備致命性的威力，但這顯然是她唯一的武器。也不曉得她有沒有自知之明，視線始終不敢正視我們。

我默默地凝視著她，只見她的視線開始四處游移。她緊緊地抓住男人的手臂，裝出全世界都在祝福他們的模樣。男人用笑容強自壓抑慌亂之情，而女人則是擺出一副全世界都不祝福他們也無所謂的表情。

見狀，我突然覺得他們很可愛，便告訴他們離這裡最近的賓館，而且是這一帶最好的賓館在哪裡。

我用舌頭淺嘗血腥味，衷心希望他們度過美好的夜晚。因為他們知道自己在做什麼，知道並選擇墮落。和柴尾在逃生梯做愛的女人十之八九也是這種類型的。

我不知道該怎麼形容才貼切，每個人似乎都欠缺了某種事物。

相信和白人上床就能翻轉人生、為了讓愛咬屁股一口而不惜飛越半個地球、踐踏和自己分手的男人、糾纏和自己分手的女人、走上同志之路、對藍線心馳神往，說穿了，都是因為這個緣故。

許多人稱這種欠缺的事物為愛，而它也確實與愛十分相似。

不過，老實說，兩者並不相同。

不同又如何？

我和柴尾默默地在霓虹燈下繼續行走。

這個無情的世界總是從我們身上豪奪巧取，搶走金錢、女人與自尊心，搶走汽油、森林與心靈音樂。

要說我們能做的事，頂多就是偶爾偷跑。若是連這個都放棄，人生未免太辛苦了。

寶貝，親不孝路的黑人殺手就是我——用這樣的角度一看，半套店小姐們的視線似乎變得溫暖了些。

偷跑。

關鍵是別停下腳步。

至少現在還不能停。

抗憂鬱劑——哈維

我扔下色瞇瞇的智也，離開了酒吧。

對對胡立刻偷了輛車過來，我坐上了副駕駛座。

對對胡只偷一百五十萬圓以下的車子，因為他之前偷雪佛蘭的時候，被車主的朋友團團包圍，動彈不得。根據他的說法，「如果偷那種平凡無奇的普通車子，就算在眼前開過去，車主也想不到那是自己的車」。

智也每次都見色忘友，惹毛了我，所以我趁著對對胡去偷車的時候，從一個身穿阪神虎制服的王八蛋身上搶了三萬圓。

二〇〇三年鷹隊獲得日本大賽總冠軍的時候，每個頻道播放的都不是獲勝的鷹隊，而是落敗的虎隊特輯。星野仙一因為生病還是什麼理由辭去總教練職務，全日本都很同情輸掉的虎隊。我本來就很討厭虎隊，在那之後更是萌生了殺意。

別的不說，我就是受不了大阪。記得那時候應該是跟智也一起去的吧！日本大賽的時候，我們在「壹風軒」吃拉麵，有個一臉宅樣的瘦皮猴在用關西腔泡妞。

確實有些女人特別吃關西腔這一套，當時那個女人也一樣。咦～你是第一次來博多嗎？豚骨拉麵吃得慣嗎？嗲聲嗲氣的。這些傢伙鐵定以為關西人放的屁也是御好燒味。

不過，真正讓我火大的，是這個城市的窩囊廢們對於這件事完全不火大。

博多其實是個不上不下、無藥可救的城市。第三都市的自卑情結使然，他們認為東京高高在上，但是大阪應該勉強可及；看到大阪人在道頓堀跳水，就立刻有樣學樣，在中洲幹起同樣的事來，以為這樣就能和大阪並駕齊驅。看了真的是有夠傻眼。

霓虹燈在窗外流動。

對對胡全神貫注地尋芳獵豔。我倒要看看他開 Mazda Demio 要怎麼泡妞。

我躺在副駕駛座上，從運動外套口袋裡拿出充當藥盒的底片盒。正牌百憂解很貴，所以裡頭裝的是學名藥。透過對對胡的管道，可以用正牌的三分之一價格買到。

我放了一顆進嘴裡，沒有喝水，而是伸長脖子嚥了下去。

自從老婆殺了小孩以後，我一直在吃這種藥。我原本要求的是無鬱寧，可是在智也的交代之下，對對胡只肯給我百憂解，迫於無奈，我只好吃這個。

無鬱寧是否優於百憂解，無法一概而論。科倫拜校園槍擊案的凶手艾瑞克・哈里斯吃的就是無鬱寧。

「你是小屁孩嗎？」我拿到對對胡給的百憂解，滿口怨言的時候，智也對我說：「這又不是 Nike 球鞋。不是無鬱寧不吃？你這種態度，跟不是麥克・喬丹的球鞋就不穿有什麼差別？」

我立刻動手開扁，而柴尾和對對胡替智也助陣。

我自己也知道，智也是對的。可是，這不是問題。我的確認為吃了無鬱寧以後，就能夠效法艾瑞克・哈里斯。當時的我需要的是有破壞一切的心理準備，而問題是我至今仍在追求這種覺悟。

「喂，你看她們。」說著，對對胡把車子開到步道邊。「一副太妹樣。」

Demio悄悄地駛向走在步道上的兩個女人，我用手肘跨著車窗，拿出壓箱的萬人迷笑容搭訕。欸、欸，末班車已經開走了。

兩個女人看著我，露出了賊笑。

要不要送妳們一程？抗憂鬱劑的副作用讓自己的聲音聽起來不像自己的。說真的，欸，如何？

靠近車道的女人說道：「用那臺車嗎？」另一個褐髮女活像腦袋的螺絲鬆了一樣，格格笑了起來。

這是代步車，我的車子現在進廠保養。

「你開什麼車？」褐髮女問道。

紅色的賓士SL500。聽了我的回答，兩個女人一臉狐疑地皺起眉頭。

不，是真的。如果妳們有興趣，下次開來給妳們看。

「賓士的代步車是Demio？」

褐髮女又格格地笑了起來。

回得好！抗憂鬱劑的副作用就是一旦嗨起來便會嗨過頭。老實說，賓士是騙人的。

「我就知道。」

這輛車是剛才偷來的。

兩個女人停下了腳步。

世上既然有偏愛關西腔的女人，當然也會有偏愛犯罪者的女人。我的書讀得不多，不過這點道理我還懂。

這的確是輛破車。我不著痕跡地把左臂垂在車外，露出剛刺好的馬刺青。不過，和我們一起玩，會有很多很酷的玩意，讓妳們把破車忘得一乾二淨。

對吧？說著，我把話鋒轉向對對胡，對對胡立刻展開掩護射擊。「妳們兩個都長得很可愛，說不定可以幫妳們介紹模特兒工作。」

「少騙人了。」

沒騙妳，這不是單純的搭訕。我們是在找正妹。

「你們是做什麼的？」

「我們？」對對胡說道：「我們的事務所是在製作地方雜誌和免費刊物封面的。」

「真的假的？」

真的真的。活像耳朵進了水一樣。喏，《博多 Walker》，妳們知道吧？那本雜誌的封面也是我們做的。

兩個女人開始小聲商量，見狀，我和對對胡互相點了個頭。背負 Demio 這個不利條件，辛苦搭訕了五組人，總算有了收穫。

「真的只是送我們一程?」

真的只是送妳們一程。我說道，對對胡也跟著複述：「只是送妳們一程，只是送妳們一程。」

說了兩、三句話以後，兩個女人上了車。

只是送妳們一程?我暗自竊笑。怎麼可能?

到二見浦一帶兜了一圈以後，我們回到了市內。時間已經過了凌晨兩點。褐髮女在智也的社區附近下了車，對對胡也跟著她下了車。

褐髮女似乎是單親家庭，而且母親重聽。聽到這番話的時候，對對胡露出那種表情。現在他們搞不好正一面聽著紙門另一頭的母親的鼾聲，一面啪啪啪。

這裡是最惡劣的地帶。

這個城市越往西越無藥可救。雖然往東也是無藥可救，不過比爛永遠比不完。不管往哪邊走，都只有失業的歐吉桑、不想工作的小夥子、穿著一件睡衣在附近閒晃的歐巴桑，和將來鐵定也會穿著一件睡衣在附近閒晃的小妞。

從前我曾經陪對對胡來這裡討債。當時明明是大白天，卻被一群腦袋有問題的人包圍，動彈不得。每個人都拚了命地想從我們這兩個討債的身上挖錢。

我說他們腦袋有問題，絕不是誇飾。借錢給他們的時候，都會問出生年月日，為了佐證，還會詢問生肖，而他們當時的表情活像是聽到希臘語一樣。一堆人連生肖這個詞都沒聽過。

當時我真心暗想，以後就算得花大錢，也要把自己的孩子送進私立小學讀書。把孩子送到公立學校和這裡的小鬼一起讀書，我連想都不願想像。

別開玩笑了。

「欸！」女人從副駕駛座上呼喚我。「你幹麼露出那麼嚇人的表情啊？」

我沒有回答。

過了一會兒，女人又說道：「該送我回家了吧！」

我伸出手來，撫摸女人的大腿。

「話說在前頭，我跟剛才的女孩不一樣。」

她甩開了我的手。

我不管三七二十一，繼續撫摸。

「喂，住手。我不是那種女人。」

不是那種女人？我嗤之以鼻。不是那種女人的女人怎麼會輕易上陌生男人的車？

我把手伸進裙子裡。

「住手！」女人扭動身子，叫道：「別鬧了！」

好不容易抵達內褲的手被用力推回來。握著方向盤的手一個沒抓穩，車子開始蛇行。

「住手！」

即使如此，我還是鼓起勇氣，把左手深深地伸進女人的裙子裡。

「你不是說過只是送我一程嗎!?」女人拍打我的手。「停車！」

別吊胃口了。

「快停車！」

替我吹個喇叭就好。

我毫不容情。

對方也絕不妥協。

一陣攻防過後，為了打破僵局，我給了她一巴掌。女人的頭撞上了車窗。

車子裡變得鴉雀無聲。

只有赤裸裸的喘息聲像氣球一樣逐漸膨脹。

喂，給我幹。我又打了女人一巴掌。給我幹。

女人從亂髮底下瞪著我。
我的手又爬上了女人的大腿。
女人連動也沒動，但是雙眼卻被無可言喻的情感所支配。那不是恐懼，而是種像是死心，又像是憐憫的眼神，彷彿在說你連這點道理也不明白嗎？
那種眼神就和我的老婆一樣。
我很清楚這個女人眼中的我是什麼模樣，也猜得到一分鐘以後的我會變成什麼模樣。
所以我讓女人選擇。
不想被幹的話。我靜靜地說道。就跳車。
女人倒抽了一口氣。
我凝視著車頭燈照亮的中線。太陽穴不斷脈動，視野逐漸變窄。抗憂鬱劑的副作用就是口渴、暈眩、陽萎、不安。冷汗沿著背肌滑落，惡寒竄過全身。
空氣一點一點地凝固。
我不去看副駕駛座。
轉過徐緩的彎道時，女人打開了車門。
當時的光景我一輩子都忘不了。她朝著我的側臉吐了口口水以後，飄然消失於黑暗之中，活像羽毛飛舞一般。

我不顧車門沒關，踩下了油門。

遠遠地傳來肉體撞上柏油路面的聲音，一團黑塊在後照鏡裡滾動。只要有她這樣的女性存在，日本的未來就高枕無憂了。

馬在操縱方向盤的左臂上奔馳。

馬。

智也說過一個故事。很久很久以前，有個和尚的奶娘死了。

不久後，來了一匹馬；和尚很疼這匹聽話的馬，可是後來馬病死了，和尚十分傷心。這時候，又來了一匹和死去的馬一模一樣的馬。奶娘的魂魄附在某個人身上，說道：「我是奶娘，因為他一直對我很好，所以我化身成馬，陪在他的身邊。」得知這件事的和尚十分珍惜那匹馬，在馬死後，還蓋了座佛堂供奉牠。

「死去的人再也回不來了。」智也說道：「與其一直回頭看，不如烙印在心底往前進。別停下腳步。這樣一來，總有一天這道傷痕會變成你的一部分保護你。」

我想起死去的瞳。如果她沒有被母親殺害，我希望她能變成像那個跳車的女人一樣有尊嚴的人。

當我回過神來的時候，已經將 Demio 開進了智也的社區。

經過白天對對胡撞壞的消防栓以後往右轉，就是智也住的E－3棟。

我停下車來，抬頭仰望。位於四樓的智也房間一片漆黑。

無可奈何之下，我撥打那小子的手機。

鈴聲響了十次，他還是沒接。大概已經睡了吧？快要凌晨三點了。

所以我決定悠閒地等待鈴聲響到五十次。我點起香菸，哈了幾口。

熱帶夜已經持續了兩個多禮拜。智也說過他熱得睡不著，既然如此，現在應該醒著才對。今晚一樣是近三十度的高溫。

不過，要是智也吃了對對胡給他的酣樂欣呢？再說，搞不好他帶著在那家拉丁酒吧泡來的醜八怪去別處作樂了。

就在我左思右想，逐漸感到不安之際。

「小心我宰了你。」懷念的吾友劈頭就是這句話。「傻屄。」

你在睡覺？

「廢話。」

我有事想跟你說。

「現在幾點了啊？」

兩點五十分。拜託，聽一下嘛！

「我吃了安眠藥，好不容易才開始打盹耶！」

好啦，聽我說嘛！

「欸，我還有工作。」話筒傳來智也的呵欠聲。「明天再講不行嗎？」

當然不行。

我靜待智也做好聽我說話的準備。

「你在哪裡？」

你家樓下。

「……」

喂！

「然後呢？」

這是真的——我先下了這個前提。北韓的極機密文件裡提到了讓美軍喪失作戰意志的祕密武器，至於是什麼祕密武器……

電話掛斷了。

無可奈何之下，我重撥電話。

「別鬧了啦！王八蛋。」

至於是什麼祕密武器，你做好心理準備了嗎？就是歌曲！

我故意頓了一會兒，但是智也毫無反應。

換句話說，就是反美歌曲，欸，很好笑吧？美軍攻擊的時候，北韓無論男女老幼，都有唱歌的義務。聽說那首歌裡加入了能讓美軍喪失作戰意志的特殊音波。

電話又掛斷了。

我只好重撥。

我不禁懷疑自己的耳朵。

智也那個王八蛋，居然關機了。

我愣在原地。智也否定的並不是我本身，這一點我明白。可是，他這麼做，意思就跟否定我本身差不多。

還是說有毛病的是我？

我自以為活得自由自在，其實是靠大家的憐憫過活的身心障礙者？只要來往幾天，底細就被摸得一清二楚的蠢蛋？以後每幹一砲，我的壽命就會縮短一年，要是不想折壽，就只能一輩子乖乖打手槍的可憐蟲？因為我是這副德行，所以瞳才會死？

一股火冒了上來，我決定不打手機，改打家裡的電話。就在這時候，有道光從頭頂上落了下來。

抬頭一看，智也房間的燈亮了。

我以為那小子會探出頭來大聲怒吼，不禁繃緊身子。

有個東西從窗戶落到柏油路面，彈了開來。

我定睛凝視。

是鑰匙。

我扔掉香菸，撿起鑰匙衝上樓。

有朋友真好。

我對著意識朦朧的智也暢談社會主義的理想與現實，直到天快亮的時候才開始萌生睡意。

我作了一個自己也知道是夢的夢。

夢裡的我是一匹馬，被蒙住眼睛，什麼也看不見。飼育員引導我和母馬交配。難以置信的恍惚感縈繞下腹部，但是任憑我再怎麼抽動也無法達到高潮。不久後，飼育員的聲音傳來。「這傢伙是假貨，假貨用針一刺就會消失。」

我大吃一驚，用雙手推開母馬，拉下蒙眼布。映入拓展開來的視野中的，是剛才那個從副駕駛座跌落黑暗之中的女人。

那個女人就是二十年後的瞳。

我伸出手，想抓住瞳，但是瞳化成了蝴蝶，翩然飛向他方。

我什麼也看不見。

我是一匹馬，蒙著眼和母馬交配。

「蒙眼布最好別拿下來。」飼育員說道：「不知道母馬是誰比較好。」

我在黑暗之中不斷地抽插母馬。

早上醒來一看，Demio已經消失無蹤了。

這裡是最惡劣的地帶。

在這個社區裡，智也是超級菁英，現在的工作也已經持續了兩年半。

我們搭乘巴士前往天神，吃完麥當勞早餐之後就道別了。我只喝了杯冰奶茶，和著奶茶服用百憂解。

現在智也正忙著擦大樓的窗戶，而對對胡的事務所只要傍晚以前過去就行了，所以我閒著沒事幹。

因此，我決定去找老哥。

我搭乘地下鐵來到博多站，買了一條萬寶路和兩本看不看都無妨的推理小說新作。接著，我轉搭電車，在宇美站下了車。

距離福岡監獄約有四公里路程，我足足走了五十分鐘，抵達的時候滿身大汗。時間已經過了上午十一點。

填完接見申請書，又填完香菸與書本的寄物文件過後，我在面會室裡一面發呆，一面等候老哥到來。

老媽另結新歡離家出走以後，老爸變得自暴自棄，成天毆打我和老哥。這樣的情況持續了好幾年，某天夜裡，又被老爸痛扁一頓的老哥忍無可忍，氣呼呼地說要殺了老爸。

我沒有反對。老哥用五公斤的啞鈴砸爛了正在睡覺的老爸腦袋。老哥被逮捕，而我從高中輟學了。

「嗨！壽。」

走進面會室的老哥穿著褲管過短的灰色囚服與涼鞋，沒戴帽子。

「你沒事吧？」一看見我，老哥就皺起眉頭。「臉色很差啊！」

我很好。待老哥坐下以後，我才詢問：你呢？

「還過得去。」老哥在呈現放射線狀穿孔的強化壓克力板彼端聳了聳肩。「你講話怎麼那麼小聲？」

不知道是不是因為吃藥的關係，自己的聲音聽起來很小。如果照常說話，我怕聲音太大。

「你在吃什麼藥？該不會是什麼亂七八糟的藥吧？」

我說只是安眠藥。

老哥凝視我一會兒，裝出若無其事的模樣，開口說道：「老媽寫信給我。」

哦！我格外小心，不讓聲音中夾雜情感。她寫了什麼？

「說她回到福岡了，想見我們。」

老哥閉上嘴巴，窺探我的臉色。溜走的時間將空氣一點一滴地擰乾。

「你覺得呢？」

跟我無關。

「跟你無關？」

現在見面，也沒什麼意義吧？

「你是這麼想的？」

老哥不是這麼想的嗎？

「我想見她。」老哥懷念地瞇起眼睛。「我覺得現在跟老媽應該很有得聊。」

那就跟她見面吧！說完，我從椅子上站了起來。

「壽。」老哥叫住了我。「我現在和美加在通信。」

我愣在原地。

「關在鐵籠子裡，收到信是最讓人開心的事了。」

我知道自己的腦袋開始發熱，而這種窩囊的感覺讓腦袋變得更熱了。汗如雨下，活像全身的毛孔都打開了一樣；一陣顫抖竄過背肌。抗憂鬱劑的副作用是反胃、發汗、腹瀉。

「她突然寄信給我，說她很後悔做了那種蠢事。」

後悔？我用手掌拍打強化壓克力板。那當然！她殺了我的孩子！

老哥什麼也沒說，只是靜靜地看著我。那雙彷彿看透一切的眼睛讓我很不爽。

我本來以為孩子出生以後，一切都會改變！

我的口水噴到了強化壓克力板上。老哥連根睫毛都沒動，所以我又拍了一次。

我以為可以把所有的鳥事一筆勾銷！可是那個女人破壞了一切，等我發現的時候，已經遍體鱗傷了。剛才我說我吃的只是安眠藥，其實是百憂解。我在吃抗憂鬱劑，滿意了嗎？啊？這樣你滿意了嗎？混蛋！為什麼每個人都要扯我後腿？後悔？到現在才想見自己拋棄的家人？老媽和那個女人最好都去死一死！

獄警聽到了我的怒罵聲，探出頭來；老哥低頭道歉打圓場。獄警用憐憫的目光瞥了我一眼以後，便把頭縮回去了。

「壽，你的問題就是……」老哥平靜地說道：「老是像小鬼一樣相信超人的存在，等待別人來救你。」

我什麼話也沒說。我無話可說，也不想說。

「你身邊的人不是你未來的保險。你有把美加當成一個活生生的人看待嗎？別把你自己描繪的未來硬塞給別人。」

你有什麼資格講這種自以為是的話啊！你還不是為了自己描繪的未來殺了老爸，啊!?

「所以我才這麼勸你。關在鐵籠子裡，我明白了一個道理。你知道是什麼嗎？」

囉嗦！

「人生過得平凡幸福的人，從不覺得自己很厲害。可是，人生過得亂七八糟的人渣，每個都以為自己很了不起。」

你想說什麼？

「你自己思考吧！」老哥無力地搖了搖頭。「總之，老媽的事你再好好考慮一次。」

我抖著肩膀呼吸。

老哥說道：「也該是我面對現實的時候了。」

我一腳踹開鐵管椅，怒氣沖沖地走出面會室。

離開監獄以後，我徒步走下山。

我放空腦袋，不斷地往前走。太陽熾烈得幾乎快融化柏油路面，害我一下子就滿身大汗。口乾舌燥，呼出的氣臭不可聞。即使如此，我依然不願意搭電車，直接走過了車站。

沿著國道行走，吸了不少車子排放的廢氣。我知道自己必須好好思考老哥說的話，可是我完全不想思考。我不知道該從哪裡著手，總之就是一直走，一直走，一直走，走了太多路，連涼鞋的鞋帶都斷了。

所以，我叫了計程車。

我躺在座椅上，閉起眼睛，待冷氣吹乾汗水以後，試著思考必須思考的事。

可是並不順利。

人渣都以為自己很了不起？媽的，說什麼廢話？人渣要是連自尊心都沒了，還剩下什麼？

等到腦袋終於開始運轉的時候，附近放起了煙火。砰、砰、砰！只有聲音的那一種。

司機先生。我漫不經心地問道。今天有什麼活動嗎？

「沒有。」有點年紀的司機態度很冷淡。「今天是這個禮拜的生活補助金發放日，所以超市在舉辦特賣。」

我看著窗外。

集中精神思考必須思考的事。

但還是失敗了。

下了計程車以後，我繼續走路。

對對胡的事務所位於國體道路通往東中洲方向的小巷子裡，就在某棟髒兮兮的商業大樓的三樓。那是棟連電梯也沒有的破舊大樓，入住的也是平日都在教育組員和鄰居起爭執的落魄組織。

那還跟人家當什麼流氓？

我和對對胡在飆車族時代有個叫做伊治的學長，後來當了黑道流氓；對對胡和伊治學長加入的組織都是隸屬千千岩會旗下。

那個伊治學長是個狠角色，當年為了獨占正在流行的臺灣製毒品，槍殺了五、六個藥頭。

這年頭已經沒人要當流氓了，所以千千岩會規定只要找齊五個人，誰都能當組長。這是廣增直系組織、搾取每月規費的手法，和老鼠會差不多。

而規費的數目不是普通的高，所以倒閉的組越來越多。不過，千千岩會完全不在乎。只要收得到規費，他們根本不管旗下的組變得如何。

伊治學長在這種無情無義的世界挺了過來。詳情我不清楚，只知道他最後從千千岩會捲走了幾千萬，銷聲匿跡。

要當流氓，就要像他這樣。躲在這種陽光照不到、充滿尿騷味的陰暗事務所，事事保持低調，避免和鄰居起紛爭，這樣還叫黑道嗎？

我走上樓梯，來到了片瀨組前。

按下門鈴以後，我等了一會兒。裡頭傳來窸窸窣窣的聲音。我移動位置，好讓對方可以從門上的魚眼看清我的模樣。

不久後，隨著一道掀開棺蓋似的聲音，門打開了。

「嗨，羽生。」組長親自出來開門，像話嗎？「北川沒跟你在一起啊？」

他還沒到嗎？我扶著片瀨放開的門，走進屋裡。大概還跟昨天泡到的妞在一起吧！

沙發的另一頭，副組長生田正慌慌張張地把高更的畫重新掛上牆壁。

現在才幹這種事，不嫌太晚嗎？

大家都知道畫的後面是金庫。片瀨總是在金庫裡放了許多錢，以便買賣安仔。他認為臨時去銀行提領鉅款會被抓包。

膽小鬼。

生田擺出宛如在放屁的裝蒜表情，往沙發坐了下來，拿起桌上的報紙。

片瀨的體型活像戴著眼鏡的鐵絲，生田則是比柴尾更胖的肥豬。雖然他們倆都跟毒蛇一樣陰險，卻都是大學畢業的。片瀨那傢伙好像持有簿記檢定二級的證照，而生田則是在搞應援團的。

就是今天晚上吧？我說道。這次有多少？

「兩公斤。」

生田冷淡地回答，連頭都沒從報紙中抬起來。片瀨接過話頭：「雖然量很少，還是像平時一樣，拜託你了。」

兩公斤。我慎重地說道。終端價格大概是一億吧！

「如果用每克五千圓計算的話。」片瀨滴水不漏地反駁。「這次你的走路工同樣是價值二十萬圓的安仔吧？」

這次是用多少錢計算？

「八千。」

我的走路工向來是用安仔支付。如果終端價格是每克五千圓，我就能拿到四十克；但如果是八千圓，就只有二十五克。

平時我總是任憑他們殺價，沒抱怨過半句。在這個年頭，有工作就要偷笑了。片瀨組雖然是個落魄組織，唯有安仔的通路很紮實，完全不理布希的防止擴散安全倡議，從北韓持續進貨；而且不知道用了什麼魔法，進貨價非常低廉，靠著這一點繳清了千千岩的規費。其他地方大概都是一包一公克，賣價一萬圓至一萬五千圓，但片瀨組便宜的時候只賣五千圓就能夠回本了。

至於我呢，就是片瀨組的車手；拿著錢出門，帶著安仔回來，如此而已。

「別露出那麼可怕的表情嘛！」片瀨露出了賊笑。「你也知道價格每次都不一樣吧？這次是在計算成本過後訂定的價格。再說，反正你也會加料以後再賣吧？」

計算成本？我在心中埋怨。大學畢業生講出來的話就是不一樣。

「不要就算了。」生田隔著報紙瞪著我。「這跟小孩跑腿沒兩樣，有北川一個人就夠了。」

我沒說不要啊！

「欸，羽生。」片瀨用手臂環住我的肩膀，充滿尼古丁味的氣息吹到了我的臉頰上。「我把這份工作交給你，是希望你以後也能成立一個組。」

我只是問問，沒有埋怨的意思。

「怎麼樣？差不多是時候了吧！你，北川，還有一個打掃大樓的朋友吧？這樣就有三個人了，對吧？再隨便找兩個人，我就可以立刻把千千岩的代紋傳給你了。」

明知是老鼠會，誰還會一頭栽進去啊？

「總不能老是遊手好閒吧？你就是這副德行，你的老婆才會變成那樣。」

生田嗤之以鼻。

我刻意避免和他們四目相交。卡在喉嚨的東西越來越大，我拚命地嚥了下去。

「你想想，二十六歲就當組長耶！北川不是當組長的料，只能由你來當。」

我也沒有打理組織的本事。我放低姿態說道。抱歉，可以睡一下嗎？昨天我幾乎沒睡。

片瀨似乎想說什麼，但最後只是聳了聳肩。

我走向裡間，打開電風扇，在充滿臭汗味的鐵管床上翻了個身。

群蟬宛若占據了世界一般大聲喧囂。現在智也應該正趴在大樓的地板上，而柴尾則是在派出所裡陪瘋子講瘋話吧！

我的人生到底是哪裡出了錯？我無法不吃百憂解。朋友都能夠適應社會，為什麼只有我是這副德行？

想著想著，不知不覺間，我沉入了夢鄉。

傍晚，我、對對胡和組裡的年輕人打了六圈半莊麻將。

從麻將的打法可以看出一個人的性格。我是在高一的時候學會打麻將的，向來都是以滿貫為目標，全力進攻。

而沒種的柴尾基本上都是靠著小牌慢慢胡，玩那種沒輸也沒贏的麻將。平時過的就是沒輸也沒贏的人生了，至少打麻將的時候豪邁一點吧！

對對胡則是只會那一〇一招，做對對胡。智也總是叫他對對胡來取笑他，所以我和柴尾不知不覺間也跟著這麼叫。

在我們之中，最常贏的是智也。該說他懂得臨機應變？還是不知道腦袋裡在想什麼？有時候連只剩一張的北風也在等。總之，智也就是這樣，不按牌理出牌。

離開事務所，是在對對胡瞎貓碰到死耗子，達成四暗刻自摸，一家獨贏之後，所以大概是晚上七點。

吃完飯後，對對胡去偷了輛豐田 Spacio 來。我們抱著片瀨給的近五千萬現金，前往交易。

我們提早三十分鐘抵達了箱崎碼頭，對對胡把車停在印有「K-LINE」字樣的貨櫃旁。

「你聯絡柴尾了吧？」

沒問題。我哈了根菸。他說十點會來這一帶巡邏。

「北韓的人向來很怕穿制服的。」

沒問題啦！

對對胡焦慮地叼起香菸。

這麼膽小的人居然還跟人家混黑道。

收音機播放著瑪丹娜的《美國派》。帶著混濁熱氣的風從海上吹來。

「欸，哈維。」

唔？

「片瀨老大跟你說過了嗎？」

我擺出略微思索的模樣。我和你一起開組的事啊？

「你覺得呢？」

你是會看購物頻道買東西的那一型吧？

「啊？」

別被那些人的花言巧語拐了。

「我才不想永遠當小弟。」

你知道你為什麼永遠都是小弟嗎？

在鹵素燈光的照耀之下，對對胡的輪廓略微僵硬起來。

我直截了當地說道。因為你不是當老大的料子。

「呿！」

我也不是。

「組長誰來當都行吧？」對對胡轉向我。「不然智也呢？智也當組長也行吧？」

智也才不會加入咧！

「為什麼？你憑什麼斷定？總不能一輩子掃大樓吧！」

不是啦！

「不然是怎樣？」

他有他想做的事。

「是什麼事？」

你聽了會笑出來的事。

我堅持不吸安仔，不過對對胡是個蠢蛋，所以有一陣子吸得很凶。

起先我們沒說什麼。對對胡說他只是基於生意上的需求，想了解一下這種玩意的性質而已，還叮嚀我們絕不能吸。

可是，過了兩個月以後，情況變得越來越詭異；他開始目露凶光，大聲嚷嚷「我絕不會賣安仔給朋友」。又過了半年以後，他居然鬼扯什麼「不吸安仔的不是男人」。當時他的左臂上已經長滿針孔繭，連針頭都插不進去了。

我和智也把他關在我的套房裡，輪流看守。他有時候會和冰箱說一整晚的話，或是拔自己的頭髮一整天，所以我們把他五花大綁，拚命給他喝水。

不管吃什麼他都會吐出來，所以我們買了一堆斷奶食品，捏住他的鼻子，灌進他的嘴裡。

最難處理的是排泄物。他被綁著，不能去廁所，所以我們讓他用水桶解決。我的套房在三樓，窗戶底下就是房東的屋簷，我們總是把水桶裡的東西往那兒倒。

雖然三天後就度過了關鍵期，但是對付安仔這種玩意，絕不能在這個關頭掉以輕心。

我們依然綁著對對胡，只要他抱怨或掙扎，就輪流毆打他。這就跟訓練狗一樣，讓他一想到安仔，就會想起身體的疼痛。高中的時候，對對胡曾經拿冰錐捅智也的肩膀，這下子他們算是扯平了。

最好笑的是柴尾不知道從哪裡找來一個男同志，讓他吸對對胡的屌，一次收一萬圓。

明明爽的不是自己，世上就是有人愛吸別人的屌。對對胡在不知情的狀態之下接了四次客，我們就是用這筆錢買斷奶食品的。

智也知道了這件事以後，扁了柴尾一頓。

我就是在那時候聽他談起他的夢想。

說歸說，並不是將來想成為什麼之類的那種籠統的夢想。智也是想旅行。靠著自己的力量走遍世界，把想看的東西全都看完以後，就死而無憾了。

他是這麼說的。

他打掃大樓。我向對對胡說道。是為了存錢。

「所以智也想做的事到底是什麼？」

不告訴你。

「啊？」

我把香菸扔出車窗。就是那輛車嗎？

對對胡把臉湊向擋風玻璃。

閃了兩次車頭燈以後，對方也回閃車頭燈。

我們同時打開車門下了車。我拿著裝了錢的運動包。

對對胡回過了頭。

我循著他的視線望去，看見有輛警車停在二十公尺外的船臺。

我和對對胡對望一眼，點了點頭。

哦，很順利，謝啦！我對著手機說道，並朝著警車揮了揮手。下次拿五萬給你。

對對胡把剛到手的安仔扔進車裡，點燃了香菸。

我們倚著Spacio，吹著溫熱的海風。

他們以為我們和警察勾結。我對著話筒說道。不敢亂來的。他們已經養成向公權力屈服的習慣了。

我聽柴尾說了一會兒的話。

真的假的？昨天我在他家過夜，他什麼也沒說啊！

對對胡把臉轉過來。

對了對了，再替我弄個X檢驗器來。

所謂的X檢驗器，是檢驗安仔用的三公分長塑膠筒，裡頭裝著不知道是什麼玩意的液體試劑。把安仔放進這種筒子裡，從正中央折斷，如果是安仔，試劑就會變成藍紫色。

有這種玩意真方便。

柴尾的叔叔在縣警總部的總務課工作，偶爾會替我們A點東西來——使用期限已經過期的東西。多虧了他，我們交易時從來不曾買到假貨。所以片瀨雖然說東說西，還是雇用我當車手。

順道一提，被大學踢出來的柴尾之所以能夠當警察，也是託這個叔叔的福。有個有權有勢的親戚真好。

掛斷電話以後，對對胡立刻問我：「你們在說什麼？」

昨天的騷莎店？我叼起香菸，向對對胡的香菸借火。我們離開以後，智也和黑人打起來了。

「黑人！真的假的？」

為了搶女人。

「是逃生梯那個嗎？」

我怎麼知道？

「那小子太好色了。」在短暫的沉默過後，對對胡繼續說道：「你不覺得他的抓狂方式有點怪嗎？」

我目送警車離去之後，將視線轉向陰暗的大海。

「要是在他面前嘲笑同志，他就會異常抓狂，對吧？」

對啊！

「我覺得一定有內幕。」

我也這麼想，還去問過柴尾，可是那個死胖子不肯透露。

「搞不好他是同志。」

我陪著笑了幾聲。

「這麼一想，就說得通了吧？他那麼好色，就是因為不想承認自己是同志。」

我知道對對胡想說什麼，感到很厭煩。別說了。

「怎麼可以不說？」對對胡不肯罷休。「搞不好他也和你老婆偷來暗去咧！」

不可能啦！我粗聲說道。智也只是傳了幾封信到那個女人的手機而已。

「你最好跟他談一談。」

免了。我把香菸彈進海裡。不管那個女人跟誰做了什麼事，我都不在乎。

對對胡眨了眨眼。

她可是晚上去超商買東西被人搭訕，穿著一件睡衣就跟人家走了的女人。要是智也想幹她，就盡量幹吧！

「可是，那是因為她懷孕，得了產前憂鬱症吧？」

智也和柴尾都阻止過我，智也還坦白跟我說他和那個女人睡過，是我這個白痴不顧他們的反對，硬要結婚的。

「我知道了，你別那麼生氣嘛！」

女人個個都一樣，我才不要為了女人破壞和朋友之間的關係。

對對胡皺起眉頭。

所以你給我聽好了，下次再說這種話……

接著，他抬了抬下巴。

一時間，我不明白發生了什麼事。

回頭一看，駛過船臺的車頭燈逐漸接近我們。我將視線轉回來，反方向也有車頭燈步步逼近。

Spacio 被沉重的引擎聲包圍，車頭燈照亮了我和對對胡。車子有四輛，除了離我們最近的黑色 GMC Sierra 以外，無法辨認是什麼車款。

拿著危險武器的人三三兩兩地下了車。

香菸從對對胡的嘴裡掉了下來。

背著車頭燈的人影約略數下來，至少有十個人。

我從口袋裡拿出刀子。你們是誰？

「你們是片瀨組的人吧？」在 Sierra 前方的傢伙說道。「怎麼樣？交易順利嗎？」

陰險的竊笑聲擴散開來。

「千千岩會可不會悶不吭聲。」對對胡威嚇道：「你們是什麼人!?」

「連我們是誰都不知道，是要怎麼吭聲？」

說完，男人窺探 Sierra 車內。不久後，副駕駛座的車門開了，吐出了一道人影。

「沒錯吧？」

男人問道，人影點了點頭。接著，人影拖著腳走了過來。

我瞇起眼睛。

我立刻認出那是個女人，但我作夢也沒想到竟是昨天，正確來說是今天跳下我的車的那個女人。

走到車頭燈前的她帶著冷酷的表情對我豎起中指，接著又拖著腳回到了黑暗之中。

「手腕骨折，臉上留下傷痕，頭上縫了七針。」男人一面把玩鐵撬，一面說道：「當然不能就這麼算了，對吧？」

包圍網逐漸縮小。

對對胡？我低聲呼喚。你跟那個褐髮女說了今天的事嗎？

對對胡的視線四處游移。

我嘆了口氣。你真是個無藥可救的白痴。

「呃，因為……」

事到如今，只能抱著至少幹掉一個人的覺悟上了。

二十分鐘後，現場收拾得清潔溜溜。

我和對對胡被打得鼻青臉腫，活像乾燥的磷蝦一樣黏在柏油路上。

風變強了。撞上堤防而破碎的波浪化成飛沫濺到了臉上。

我試圖移動身體，左肩竄過一陣劇痛，或許是骨折。我用右手摸臉，臉上被血弄得黏糊糊的。

「混帳！」對對胡呻吟：「該怎麼辦？」

只能去堵那個褐髮女了。

「咦？」

必須想辦法找出剛才那些傢伙。我說道。只能從那個褐髮女循線找人。

對對胡沉默下來。

喂！我感受到沉默中的尷尬，不祥的預感油然而生。你去過那個褐髮女的家吧？

「呃，沒有。」

什麼？

「呃，其實在那之後，我們去家庭餐廳吃飯，然後……被她逃走了。」

這麼說來，你不知道褐髮女住在哪裡？

「哎，可以這麼說。」

看著啞然無語的我，對對胡變得結結巴巴。

換句話說，你在家庭餐廳裡跟她講交易的事？

「哎呀，因為……」

去死。

「欸，哈維，該怎麼辦？」

閉嘴。

「該怎麼辦？欸，我們會被組裡的人殺掉的。」

別說話。

「媽的，鼻梁斷了……混蛋！」

吵死了。

明明是個悶熱的熱帶夜，冷冽的月亮卻從雲層間俯瞰世界。

「哈維，欸，哈維……」

我想像自己和智也一起橫越美洲大陸的情景。

開著車子奔馳在一望無際的沙漠高速公路上。心臟的鼓動與引擎的震動同步，車子用與風景完美調和的速度穿越大陸。

「你有沒有在聽我講話啊，喂！」

智也應該知道脫身的辦法吧！

「混蛋，你倒是說句話啊！」對對胡哭喪著臉。「一億圓以上的安仔連著車子沉入大海耶！欸，說句話啊！」

不，或許根本沒有脫身的辦法。不管去哪裡，到頭來都只會重蹈覆轍。

對對胡開始哭哭啼啼。

我仰望夜空。

一切都是虛幻的。

偏執狂

報紙和新聞為何將這些犯罪稱之為「流行犯罪」並拿來尋開心？我完全無法理解。

假設這裡有個微型企業的老闆，小心翼翼地抱著他跪地磕頭、忍受冷嘲熱諷，好不容易才借來的一筆錢。

只要有這筆錢，這個月就不會跳票了；而只要撐過這個月，就能接到一筆大生意。

試著想像這種常見的狀況。

攻擊這個老闆，搶走這筆錢的年輕人啊！假設你們害得這個老闆公司倒閉，家破人亡。

這是不是事實不重要。和現代這個腐敗的技術中心社會扭曲了所有人心的事實相比，區區一個微型企業經營者的凋零根本無足輕重。

所以，喟嘆年輕人的荒唐行徑也無濟於事。

這一點我很明白。

不過，這個跌落絕望深淵而開始吸食安非他命的老闆或許是這麼想的。

這種不公不義的事豈能存在？

Go・Go・少年時代——柴尾

我在智也家收看文・溫德斯的《公路之王》，是在上警察學校的時候，所以應該是五年前吧！

雖然內容幾乎都忘光了，但我還記得有一幕是主角們騎著邊車奔馳的場景；那種漂浮感不像是在馬路上奔馳，倒像是在水面上滑行。

我說這一幕好帥，智也聽了以後，露出了開心的笑容。

每當騎著自行車在自行車道上巡邏，尤其是傍晚，我常會想起邊車那一幕；比如一面望著左手邊的偌大夕陽，一面騎向海邊的時候。

我很喜歡這段時光。

不過，最近有點傷腦筋。在拉丁酒吧「煙燻哈瓦那」認識的女人常常埋伏堵我。

她是醫生的女兒，老實說，是個醜八怪。剛認識的那一天，我們就在酒吧外的逃生梯上站著完事。

智也和黑人打架的那一天她沒有來，真的算我走運。要是智也看到她……恭子，鐵定笑到窒息身亡。

我之所以傷腦筋，不是因為她很醜，也不是因為她妨礙我巡邏，而是每次見面，我就會忍不住找她發洩。

都到這個關頭，我就老實說了。恭子是第一個和我做愛的良家婦女。我不像智也長得那麼帥，也不像哈維那麼會打架，所以拒絕不了恭子的誘惑，一再跟她發生關係；不過，這不是好事。

這麼說或許不禮貌，和恭子做愛，總給我一種被迫認清自己有幾斤幾兩重的感覺；就像是老天爺在對我說：你只配得上這種水準的女人。

對不起，恭子。

這間公廁位於全長兩公里的自行車道邊緣，雖然很乾淨，但因為位置關係，鮮少有人來。只要有人走進來，感應燈就會自動亮起，並發出鳥啼聲。

現在我又和恭子在殘障人士專用的隔間裡鬼混，每晃動腰部一次，自我厭惡感就加深一分。我讓她面向洗手臺站著，但我根本不敢直視自己映在鏡子裡的臉。

還有，我也討厭她的陰毛。她的毛又多又硬，活像伊藤博文的鬍子。和她糾纏，往往讓我陷入伊藤博文幫我吹喇叭的錯覺。

男人討厭女人的理由，其實都是些微不足道的小事。什麼個性不合，只是謊言而已。之前大家一起聊天的時候，智也也說他曾經在得知女人是長淵剛的粉絲以後，就立刻失去了興趣。

哎，先不說這些了。

突然聽到吱吱喳喳的鳥啼聲，我們心下一驚，停止了動作。之前從來沒有人進來過。

關門的聲音傳來。

我們屏住呼吸，等了一會兒，但是在咚一聲之後，就沒再聽見任何聲音了。

不久後，恭子緩緩地翹起屁股，而我也跟著再次展開活塞運動，抽插五次以後就射了。

當我們整理好儀容走出廁所時，四周已經完全沒有人的氣息了。

回到派出所，吉永先生一如平時，不見蹤影。

吉永先生和我叔叔是警校同期生，叔叔說他年輕的時候收過黑道的錢，洩漏偵查情報。我沒問過吉永先生是不是真的，但是看他年近六十還在派出所工作，可信度似乎很高。

代替吉永先生等著我的，是一個小學六年級男生。

「你好，芳郎。」我一面停放自行車，一面對蹲在派出所前的小男孩說道：「哎呀，你今天也被修理得很慘啊！」

芳郎嘴唇泛黑，鼻孔裡塞著面紙，臉頰上也有擦傷。

「柴尾先生，你怎麼巡邏這麼久？」芳郎用鬧脾氣的聲音說道：「到底跑到哪裡去了啊？」

「閃電還好嗎？」

我們一起走進派出所。

「我查過了，小烏龜好像還不知道冬天要怎麼冬眠。」我從冰箱裡拿出原本打算待會兒喝的歐樂納蜜C遞給他。「我小學的時候也養過烏龜，到了冬天還是不冬眠，我覺得很奇怪，就用鏟子挖了個洞把牠埋起來。」

芳郎一面啜飲歐樂納蜜C，一面聽我說話。他是少數願意聆聽我說話的人。

「可是，到了春天，牠還是沒有從洞裡爬出來，所以我就把牠挖出來了。」

「然後呢？」

「龜殼裡面變成空的。」

「咦？」芳郎瞪大眼睛。「你是說，你是說，烏龜脫殼，跑到其他地方去了？」

瞧，這孩子腦筋不太靈光。

「不，不是。」我笑著搖了搖頭。「是因為死掉了，身體才不見的。牠的身體大概已經乾燥，變成土壤了。」

去年秋天，芳郎來到派出所，說他撿到失物。那是個小水槽，裡頭有兩隻烏龜。

芳郎是單親家庭的鑰匙兒童，回家大概也沒事可做吧！他上學好像也上得不開心，常跑來看烏龜。失主一直沒有現身，所以烏龜就變成芳郎的了。

我們把烏龜取名為雷霆和閃電。雷公和電母，多可愛啊！明明只是烏龜而已。

雷霆還沒過冬就死了，芳郎正在學習烏龜的相關知識，以備今年的冬天到來。

「你可以拜託媽媽幫你買個烏龜加熱器，這樣冬天也很暖和，就不用冬眠了。」

芳郎沉默了一會兒以後，下定決心，開口說道：「我照著柴尾先生說的，跟他們好好溝通。」

「嗯。」我正襟危坐。「結果呢？」

「他們根本不聽我說話。」

「這樣啊！」

「我按照你教我的，跟他們說：『我有什麼奇怪的地方，可以直接跟我講。』」

「嗯，嗯。」

「然後，他們列了上百個奇怪的地方。」

「比如說？」

「姓名、髮型、眼鏡，還有鞋子有時候會穿反之類的。後來他們帶我去沙地，把我當成摔角練習臺。姓名又不是我能決定的。」

芳郎姓牧草。那些小惡霸會怎麼取笑他，應該不難想像吧？

「還有呢？」

「還有衣服。」

我重新審視芳郎的打扮。其實用不著審視，一看就知道哪裡有問題。

「你班上的朋友有人在穿這種夏季毛衣嗎？」

「很奇怪嗎？」

「紫色加上蝴蝶，太過強烈了一點。」

芳郎垂下了眼睛。

「我從前也常被霸凌，所以很清楚。在你們這個年紀，外表是很重要的。」

芳郎略帶顧慮地抬眼窺探我。

「比方說，這雙運動鞋。」

「很奇怪嗎？」

「你怎麼會買這雙？」

「是我媽買的。」

「六年級還穿精靈寶可夢？」

「不行嗎？」

「你的朋友會從這些地方來判斷你這個人。」

「還有嗎？」

「你剛才也說過，髮型。」

芳郎抓起妹妹頭的髮絲。

「是媽媽幫你剪的嗎？」

「很奇怪嗎？」
「倒不是奇怪，而是……」
「什麼？」
「整體看起來……」我揀選言詞。「在日本是比較少見的類型。」
「我該怎麼做？」
「和大家一樣就行了吧？比如穿流行的服裝。」
「我媽常說被流行左右的人都很膚淺。」
「嗯，沒錯。不過你這個年紀，膚淺一點也無妨。」
「為什麼？」
「因為只有現在才能做膚淺的事。再說，沒做過膚淺的事，絕對成不了不膚淺的大人。」
「我不懂。」
「唔～該怎麼說呢？比方說，芳郎，你在學鋼琴吧？」
「嗯。」
「起先不都是從簡單的曲子學起嗎？突然叫你彈蕭邦或貝多芬，你也做不到吧？」
「嗯。」

「就是這個道理。每個人起先都是膚淺的，因為這樣比較簡單。困難的事以後再慢慢學就好了。連《小星星》都不會彈的人，絕對彈不了貝多芬的曲子，對吧？」

「對啊！」

「之前巡邏的時候，我聽到你在彈鋼琴。你是在練習《浪漫曲》吧？」

「柴尾先生也學過鋼琴嗎？」

我露出模稜兩可的微笑。

寡里特的《浪漫曲》是首很短的練習曲——這是將某種油然而生的情感、還不知道該如何定義時的記憶鎖進透明的旋律之中譜成的尋常練習曲。

哈維的小寶寶死掉的時候，大家喝了一整晚的酒，打架鬧事，大吐特吐；後來，我和哈維兩人單獨待在哈維家裡。

鋼琴聲吵醒了我。

晨曦顯得分外火紅。

當時哈維彈的就是這首曲子。

片刻過後，傳來了鄰居的怒罵聲；哈維停止彈琴，打開窗戶，大聲回罵。

我起身看了鋼琴上的樂譜一眼，所以知道曲名。黎明時分，我聽著這首曲子，心知哈維在想念小寶寶。哈維什麼也沒說，不過，我知道那臺鋼琴是小寶寶的。

「膚淺的大人很多，這種人不想被別人發現自己的膚淺，所以會故意說一些難懂的話，做一些難懂的事。」

芳郎認真傾聽我的話語。

「不過，這種人其實連膚不膚淺都無法分辨。其實每個人都有膚淺的部分和不膚淺的部分。」我繼續說道：「所以，趁現在做些膚淺的事，有助於你了解什麼叫膚淺。」

「是嗎？」

「如果打扮得帥氣一點，說不定就不會被霸凌了。」

「我該怎麼做？」

「你看電視的時候，有沒有覺得哪個藝人很帥？」

「嗯，有啊！」

「下次跟媽媽要錢，去理髮店，把髮型剪成跟那個藝人一樣。」

「柴尾先生這麼做以後，就沒被霸凌了嗎？」

「我？我的情況啊，該怎麼說呢？我是有被霸凌啦，不過我的朋友也是有惡霸的。」

「我沒辦法跟惡霸交朋友。」

「我那些惡霸朋友如果看到我被其他人霸凌，就會去霸凌那些人。」

至於智也和哈維對我做過的各種殘酷行徑，就姑且不說了。

「唔，原來還有這樣的啊？」

「等你交到這種朋友以後，你也會明白的。」

「還有呢？我還要做什麼才行？」

「我想想，聽流行歌應該也不錯。」

「像GLAY之類的嗎？」

「GLAY也可以，再不然就是班上同學還不知道的西洋歌手。」

「比方說？」

「我想想……」我微微歪起頭來。「瑪麗蓮・曼森？」

「那是誰？」

「不過仔細想想，音樂或許不是重點吧！」

「那我不穿精靈寶可夢的鞋子，把髮型弄得帥氣一點，穿普通的襯衫，再聽那個叫瑪麗蓮什麼的人的CD以後還是一樣被霸凌的話，該怎麼辦？」

「唔～這個嘛……」

「該怎麼辦？」

「到時候就準備石頭和毛巾。」

「石頭和毛巾？」

「嗯，拳頭大小的石頭。然後，用毛巾把石頭包起來。」

「……」

「抓著毛巾的一頭，像這樣，運用離心力。」我實際演練給他看。「砸向惡霸的嘴巴。」

芳郎目瞪口呆。

我摸了摸他的妹妹頭。「我的意思是，你至少要有這樣的心理準備。」

在芳郎開口說話之前，傳來了停放自行車的聲音。

「喂，柴尾。」平時總是一派悠哉的吉永先生一走進派出所，便板起臉孔說道：「你剛才有巡邏自行車道嗎？」

「咦？」我暗自心驚。「發、發生了什麼事嗎？」

「自行車道的邊緣有間公共廁所吧？」

「咦？咦？」

「你巡邏過了嗎？」

「咦？啊，對。」

「你有看到一個大約三十歲的女人嗎？」

我不知道該如何回答，模稜兩可地歪起頭來。這麼一提，恭子幾歲？

「我在田川家下將棋，鄰居慌慌張張地衝進來，說有個女人在那間廁所裡上吊。」

「咦？」

「好像是菲律賓人。」吉永先生用手帕擦拭脖子上的汗水。「現在義消正要趕去把死者放下來。」

隔天沒有值班，所以我決定加入智也的行列。

本來哈維也要一起來的，但是三天前他搞砸了安非他命交易，欠了對對胡的組近一億圓。

真是糟透了。

每週三早上九點到十一點是中央保健所的愛滋病諮詢日，我和智也九點準時在大廳集合。

在智也清掃大理石地板、擦拭大窗戶和菸灰缸的期間，我一面四處閒晃，一面等待那個人到來。那個人在九點半現身時，我正在廁所裡上大號。

手機響個不停，屁股還沒擦，門就被踹開了。智也這傢伙真的完全不替別人設想。

那個人的第一印象老實說還不差。他穿著水藍色的時髦 POLO 衫和老式的米黃色卡其褲，個子很矮，一頭捲髮，就和智也說的一樣，跟《魔戒》裡的哈比人佛羅多長得有點像。

他看起來不像是個刻薄的人，不過人不可貌相。總之，我依照智也的吩咐，板起臉孔，向待在等候室裡的他攀談。不好意思，請問您是十七號嗎？

佛羅多露出詫異的表情，從長椅上瞪著我。

「抱歉，今天可以改到另一個房間嗎？」

他困惑地皺起眉頭。

正在等候檢查報告的兩個女性開始竊竊私語。

「這裡不方便說話。」我裝模作樣地說道，佛羅多的視線突然開始四處游移。

「為什麼？」他的聲音微微顫抖。「平時的保健師呢？」

「今天有專家到場。」

「專、專家來做什麼？」

「我也不清楚，只交代我看到十七號的男性就帶他過來。您是十七號對吧？」

「你怎麼知道我是十七號？」

「您每個月都來做檢查吧？」

佛羅多的嘴脣開始發抖。

我給他時間慢慢來。

他的視線在我的臉龐和自己手上的紙張之間來回移動，彷彿想找出紙上的十七號和我口中的十七號並非同一個十七號的證據。

「來，請往這邊走。」我催促道，佛羅多搖搖晃晃地站了起來，一副需要別人攙扶的模樣。

我帶著他行經逃生梯，來到樓上的小會議室。這層樓智也正在打掃，禁止進入，所以除了我們以外沒有別人。

我敲了敲門以後，打開了門；身穿白衣、戴著白色口罩的智也從大辦公桌的另一頭向我們勸座。

我站在門前，靜觀事態發展。

智也從桌上的文件夾裡拿出檢查報告表。當然，那是他影印的假貨。接著，他把報告表推到佛羅多面前，煞有介事地確認必要事項。

「十七號，男性，三十四歲。」智也在口罩底下口齒清晰地說道：「沒有錯吧？」

佛羅多瞪大眼睛比對自己手上的紙和智也遞出的紙，專注力直可將湯匙折彎。

「我這就開始說明上個禮拜的ＨＩＶ抗體檢查結果。在那之前，先向您自我介紹一下比較好。我是ＦＡＦ派來的人。」

「ＦＡＦ？」

「福岡愛滋基金。」智也臉不紅氣不喘地撒了漫天大謊。「是針對在福岡感染愛滋病的病友提供金援的ＮＧＯ。」

佛羅多瞇起眼睛來。「我從來沒聽過。」

「這是當然的，一般人一輩子都不會聽過。」

佛羅多渾身僵硬，活像被雷劈中似的。

「這、這麼說來……」他吞了好幾口口水，好不容易才擠出話語。「我果然，呃……」

「哎，請冷靜。」

「醫、醫生，請坦白跟我說。」

「……」

「別看我這樣，我早就做好了死的心理準備。欸，醫生，呃，我，果然是，呃……陽性嗎？」

「您有感染過披衣菌嗎？」

佛羅多開始抖腳，整座大樓幾乎快跟著搖晃起來了。

「果然。」智也搖了搖頭。「您或許不知道，福岡的披衣菌感染人數是全國第一。感染披衣菌，黏膜就會變脆弱，因此也會比較容易感染愛滋病毒。」

「可、可是上個月檢查的時候沒有任何問題啊！」他的聲音微微上揚。「欸，醫生，是不是哪裡弄錯了？太奇怪了，不可能啊！」

「您的心情我明白，大家都是這麼說。」

「可是，我們店裡的小姐也是每個月都接受檢查耶！為什麼我會感染？」
「請問您的職業是？」
「算是色情行業吧！」
「請說得具體一點。」
「我經營了幾家泡泡浴。」
「所以您和店裡的小姐……？」
佛羅多幾乎是邊哭邊說話。「我都有戴套啊！」
「不過，您之所以來檢查，就代表心裡有數吧？您有施打安非打命嗎？」
佛羅多無言以對，臉色蒼白到令人擔心他是否會窒息身亡的地步，水藍色POLO衫也因為被汗水弄濕而變得更深了。
「保健所用的是快篩法，確實可能出錯。」
「真、真的嗎？」佛羅多的臉色倏然亮了起來。「那我去醫院檢查就行了嗎？」
「對。」
「好耶！」
「要我替您介紹醫院嗎？」
「麻、麻煩您了！」
佛羅多的希望顯然不斷地膨脹。

「但願有好結果。」
「嗯！」
「堅強點，還不確定是不是真的感染了。」
「謝謝！」
「誤差可能性大約是百分之零點一。」
佛羅多嚎啕大哭。
智也的眼尾在口罩上方垂了下來。
先給人家希望，再一口氣打落地獄。
這傢伙根本是魔鬼。

星期四是騷莎課。
我精心打扮，穿上了銀色正裝襯衫加黑色寬褲，意氣風發地前往「煙燻哈瓦那」。
騷莎舞的基本舞步是以四個八拍為一節，其中有兩拍是停頓，所以大致上是一‧二‧三‧踏步，五‧六‧七‧踏步的感覺。上個禮拜剛上完古巴式的右轉步，今天要開始上紐約式。
我一面在腦中複習舞步，一面穿過店門，一道銳利的視線隨即劃裂活潑的音樂，刺向了我。

正面桌位上的哈維和對對胡的臉龐以特寫狀態呈現於眼前。一看到只剩一半的龍舌蘭酒瓶，我忍不住轉身就走。

「喂，死胖子！」哈維的怒吼聲立即追趕而來。「你要是不乖乖過來，我就把你砍成肉醬。」

我只好再次轉身，慌慌張張地走向兩人。

「你們什麼也不用說。」我一來到桌邊，便如此說道。「讓我猜猜看。」

哈維和對對胡面面相覷。

我做了個深呼吸。「你們是要我偷拿警察保管庫裡的安非他命給你們吧？」

在一陣微妙的空白之後，對對胡垂下眼睛，哈維則是彈了下舌頭，舉杯喝酒。

「不行。」我斷然說道：「二〇〇三年總務課新增了證物股，保管庫的管理變得嚴格多了。」

「可是，你叔叔是大官吧？在保安課應該也有人脈吧？」對對胡從桌邊探出身子。「如果是專門處理毒品犯罪的保安課人員，應該可以進入保管庫吧？」

「不行。」

「拜託啦！再這樣下去，我們會被抓去當奴工。」對對胡合掌懇求。「幫忙A一些給我們，好不好？」

「不行啦！保管庫每個月都會清點一次。」
「想個辦法嘛！」
「不行啦！」
絕望的對對胡淚眼婆娑地仰天長嘆，對話就這麼中斷了。
我偷瞄了哈維一眼。他的表情沒有太大的變化，大概是因為打從一開始就知道我不可能答應這種愚蠢的要求吧！那當然，會認真考慮這種事的只有不折不扣的單細胞生物，也就是對對胡。
這麼一提，高中的時候，我曾經和對對胡一起去廢棄賓館探險。
當時還是傍晚，裡頭卻是一片漆黑，到處都是塗鴉和玻璃碎片之類的垃圾。對對胡拿著手電筒走在前頭，而我則是緊跟在後。我們沿著樓梯一層一層地探險。那是間五層樓的賓館，而事情就發生在我們爬上四樓的時候。對對胡突然哇哇大叫，那種聲音活像是靈魂從嘴巴裡跑出來了一樣。
要問我被什麼嚇到，就是被他的聲音嚇到。總之，我們拔腿就跑；事後詢問對對胡，才知道他看到走廊上有人類的指頭。
不久後，開始傳出吃人老婆婆的謠言。有個白髮老婆婆住在那間賓館裡，誘拐小孩，把他們生吞活剝。我很清楚謠言的出處。換句話說，對對胡就是這樣的蠢蛋。

我側眼望著騷莎課。

真知子老師正在教導紐約式的右轉步。她一面用手打拍子，一面用宏亮的聲音對大家說話。「好！男士在五．六．七三拍的時候把女士的手臂拉到女士的頭上轉圈。往右轉喔！好，好，好！」

我一直很期待練習右轉步，因為可以讓女士不斷地轉圈圈，華麗又帥氣。不過，現在的氣氛不容許我擱下哈維和對對胡去上課。他們倆都頂著一張苦瓜臉，龍舌蘭一杯接一杯地下肚。

「女士在第五拍踏出左腳，對，在第六拍扭腰，對！」

哈維突然抬起頭來，我循著他的視線望去。

看到走進店裡的智也，感覺就像是在沙漠中看見了綠洲。

智也察覺我們，露出打從心底嫌惡的表情，但還是走到了桌邊來。

我向他簡單扼要地說明事情的來龍去脈。

「對了，今天那個妞沒來嗎？」話題告一段落之後，智也說道。「喏，我和兄弟打架的時候，她就跑得不見人影了。」

對對胡猛然拍桌，大聲嚷嚷著「兄弟有難，你這樣太不夠朋友了吧」之類的話。

「你們是不是秀逗了啊？」智也指著自己的腦袋。「這種事當然行不通啊！」

「指望警察的保管庫有什麼不對？啊？」對對胡大呼小叫。「我們已經火燒屁股了！」

「你的屁股最好燒成灰。」

「你說什麼！」

智也火上加油，對對胡一腳踹開椅子，站了起來。

他們倆互相揪住對方，走出酒吧；大約過了十分鐘以後，他們回來了，智也淌著鼻血，對對胡的眼睛周圍多了圈瘀青。

哈維替眾人倒了龍舌蘭。智也一飲而盡，對對胡也不甘示弱，跟著喝光了酒。

「哈維？」我說道：「說真的，該怎麼辦？」

哈維凝視著酒杯，無力地聳了聳肩。

「嘿，你們是自作自受。」

智也嘲弄道，哈維的眼神變得銳利起來。

「好運只會找上腳踏實地的人。一步一腳印，最後才走得遠。」智也完全不當一回事。「你們不是想活得轟轟烈烈嗎？現在就是你們該為轟轟烈烈的人生付出代價的時候。」

我以為哈維會抓狂，但是他沒有，只是一臉沉痛地瞪著自己的酒杯。

「你就一輩子當個清潔工好了。」對對胡指著智也。「我和哈維才不會被這種小事擊垮。」

「哈！」智也說道：「你們已經垮了吧！」

「我有遠大的夢想！總有一天要成立自己的組，讓世人知道我的厲害！」

「你的夢想最好被砸臭雞蛋。」

「你說什麼！」

智也又說了不該說的話，對對胡一腳踹開椅子，站了起來。

他們倆互相揪住對方，走出酒吧；大約過了十分鐘以後，他們回來了，智也劃破了嘴脣，對對胡的額頭多了道傷口。

店裡的人心驚膽跳地看著我們。

「或許智也說得沒錯。」

哈維喃喃說道，對對胡的眼神活像看到叛徒。

「一億圓這麼一大筆錢，我們再怎麼樣也籌不出來。」哈維環顧在座眾人，半開玩笑地說道：「乾脆去搶銀行好了？」

對對胡哭喪著臉，垂下頭來。

「好主意。」智也拍手嘻笑。「反正是不起眼的人生，至少死得壯烈一點。」

「你從剛才就一直這樣，是什麼意思啊？」對對胡咬住嘴脣。「別人的不幸有這麼好玩嗎？」

「我就是看不慣你們這種出了事就要找別人擦屁股的習性。」智也斷然反駁。
「等到風頭過了以後，又會擺出一副是靠著自己的本事度過難關的死樣子。」
「有困難的時候互相幫忙才叫朋友啊！」
「你的同儕意識最好用後腳撥沙埋起來。」
「你說什麼！」
智也落井下石，對對胡一腳踹開椅子，站了起來。
他們倆互相揪住對方，走出酒吧；哈維扔了張萬圓鈔到桌上，跟著他們走了出去。
找完錢以後，我也隨後跟上。
在陰濕的夜色之下，霓虹燈顯得朦朦朧朧。蟲兒在草叢裡鳴叫，雨雲覆蓋了天空。
智也和對對胡在「煙燻哈瓦那」旁邊的停車場裡互毆。我到場時，對對胡正用膝蓋踢向智也的臉。
我站到了點起香菸的哈維身邊，迷迷糊糊地看著他們拳打腳踢。
智也倒地以後，對對胡穿過我和哈維之間，獨自離去了。
我知道哈維會帶智也離開，所以我去追對對胡。
我們換了家店繼續喝酒，哈維和對對胡打了兩場。對對胡雖然髒得跟抹布一樣，但是隨著傷口增加，他的神色變得開朗許多。

我們走出店門，準備前往第三家店。

情緒高昂的對對胡跑去調戲半套店的小姐們，哈哈大笑。

智也和哈維對望一眼，聳了聳肩。見狀，我突然有種感覺：或許智也是故意挑釁對對胡的。

也許是我搞錯了。

不，八成是我搞錯了。不過，看到智也的笑容，我有這種感覺。打架解決不了任何問題，不過，打架確實可以讓心情變得舒爽一些。現在這樣就足夠了。

至少我的情緒也開始上揚了。不過，上揚的情緒在五分鐘後又墜落地面。

就在我們正要穿越賓館街的時候，哈維突然停下腳步，害我險些撞上他。

有個人佇立於街燈之下。

那是個骨瘦如柴、抹了個大白臉的女人，紅色洋裝在日光燈的照射之下看起來宛如用紙糊成的。她走向某個獨自行走的男人，纏著對方，柔聲說道：「要不要鬆一下？要不要鬆一下？」

男人露出了露骨的嫌惡之色，快步離去。

我知道自己的身體整個僵住了。

一團黑霧從記憶深處湧上，緩緩化為人形，與那個人重疊；這種不舒服的感覺就像是收到了死人的來信一樣。

走在前頭的對對胡折返查看情況。

她又向路過的上班族三人組搭訕：要不要鬆一下？要不要鬆一下？

我戰戰兢兢地側眼窺探，只見哈維緊緊握住拳頭，手指關節都泛白了。

三人組圍著她冷嘲熱諷。

他們的聲音傳到了耳邊。

上班族批評她的大白臉，調侃她那單薄的胸部和屁股，並開了個近乎免費的價碼拿她尋開心。

她露出模稜兩可的笑容，沒有回嘴。

我窺探智也，智也也用頻頻抽搐的眼睛看著我。他的臉上輪流浮現了驚嘆號與問號。

面對智也無聲的詢問，我只能點頭。

天下太平的對對胡則是哈哈大笑，附和上班族的話語。他還來不及搞清楚狀況，便被智也一拳撂倒了。

「你幹什麼啦！」

對對胡試圖起身，智也毫不容情地踹向他的肚子。

這是表態，為了向哈維顯示自己是站在他那一邊而做的表態。智也不知道該怎麼做，所以採取了最快的方法。

智也不顧在身後嘔吐的對對胡，撿起路邊的木棒，塞給哈維。

「別想了。」智也粗魯地說道，宛若在克制自己的軟弱一般。「上吧！」

哈維遲疑片刻，無力地笑了，接著兩人便一起追趕上班族。

「等、等一下……王八蛋。」

對對胡摀著肚子蹲在地上，朝著智也的背影虛弱地怒吼。

我在他的身旁蹲了下來。

智也和哈維跑過女人前方，從背後攻擊上班族。智也用拳頭，哈維則是用木棒狂打對方。

「怎麼搞的？」對對胡瞪大眼睛，高聲叫道：「他們是怎麼了？」

「那個女人……」我告訴他實情。「是哈維的媽媽。」

得知真相以後，對對胡按捺不住，把那些上班族拉到巷子裡痛扁一頓。

哈維跟他媽媽說話的時候，我和智也待在不遠處的街燈底下等候。哈維破口大罵，似乎是在說死掉的小寶寶的事。

一開始，介紹山田美加給哈維的是智也。

她是智也和我一起泡到的妞，帶著一身的強力膠味坐上我們的車子，隨即就和智也在後座親熱起來了。

智也吃了對對胡給的安非他命藥丸，三天沒睡覺，情緒很嗨，而且喝了很多酒。我還在開車，智也就在後座跟她搞上了。

這倒沒什麼。

問題在於山田美加愛上了智也。有一次他們在一起的時候，碰巧被哈維看見了；應該是大壕公園的煙火大會吧！總之，哈維看上了她，而智也原本就不是會動真感情的人，便順水推舟，把山田美加塞給哈維。

不過，我沒料到哈維會和她結婚。聽到這個消息的時候，我和智也拚命阻止他。畢竟，呃……她是那種女人。

智也坦白告訴哈維自己和她在認識的當天就搞上了，哈維卻說那是在他們開始交往之前的事，無可奈何，不當一回事。

我們無能為力。

可是，山田美加果然是那種女人。該怎麼說呢？對於某種等級的男人而言，她就像是特價品，很廉價，而且是非常廉價的那一種。

後來，哈維漸漸地不回家了。智也不時透過電子郵件向她報告哈維的近況，但是她從來沒有回信。

後來，小寶寶——小瞳出生了。

我們都很懷疑小瞳是否真的是哈維的孩子，只有哈維一個人為此開心，而且是真的很開心。他絕不把安非他命藏在家裡，因為他怕小瞳誤食。

可是，山田美加還是老樣子，把小孩留在家裡，自己跑去打小鋼珠；我猜她應該也有在和男人私會。

某一天，哈維終於抓狂了，把她痛扁一頓。不過，這也沒辦法，因為她根本沒有一個母親的樣子。要是等到出了事以後，就太遲了。

哈維為了冷卻腦袋而走到屋外吸菸時，突然聽到咚的一聲；他上前查看，發現從三樓跳下來的山田美加抱著小瞳，倒在自行車停車場上。

山田美加只有骨折而已，未滿一歲的小瞳卻是頭骨碎裂而亡。

好可憐。

過了一會兒，哈維回來了。他什麼也沒說，所以我們什麼也沒問。

仔細一看，哈維的媽媽點起了香菸；她那副對著夜空吞雲吐霧的模樣就像是長不大的人；那是永遠活在當下、沒有任何覺悟的小孩才有的表情。她和美加是同一類生物。

巷子裡傳來不尋常的聲音，我們一起回過了頭。

對對胡試圖搶奪上班族之一手上的運動包。

這個動作喚醒了瀕死的上班族。其中一人從背後抱住對對胡，另外兩人使盡了吃奶的力氣，想把包包搶回來。

哈維和智也互相使了個眼色。

我可以清楚看出兩人腦子裡的想法。他們這麼拚命地想把包包搶回來，裡頭鐵定裝了很重要的東西，搞不好是可以一舉解決問題的鉅款。

站在警察的立場，必須阻止這樣的犯罪行為——第一時間，我是這樣想的。不過，我只是想想而已。

哈維目露凶光，衝上前去，替對對胡助陣。

哈維解決拉住包包的兩人以後，對對胡便甩開剩下一人，朝著我的方向跑來。

我也跟著拔腿就跑。

回頭一看，智也和哈維也追著我們而來，差點被駛出賓館的四輪驅動車撞到。

上班族在他們的背後大呼小叫。

我們的腳步聲在大樓之間迴響。

「呀吼！」

對對胡像個神經病一樣放聲大笑。

智也和哈維也發出了怪聲。

我們穿越賓館街，一路跑到我停放 FAMILIA 的投幣式停車場。

車子裡坐了四個成年男人，空氣變得相當悶熱。

哈維和對對胡在後座上笑得打滾，副駕駛座上的智也則是整個身體向後轉，催促對對胡快點打開包包。

我連忙發動引擎，將檔位打到D檔，放下手剎車。

此時，我察覺了異變。

不知幾時，除了我以外的時間全都停住了。

往身旁一看，張大嘴巴的智也正若有所思地凝視著某一點。

「什麼？」我感到不安，將視線轉向後座。「怎麼了？」

哈維和對對胡也跟智也一樣，盯著某一點不放。

垂下視線的我看不出包包裡裝的是什麼，環顧眾人的表情，也找不到任何線索，只好把裡頭的東西拿出來看。

而我立刻凍結了。

裡頭裝著一堆手槍。

獻花給菜刀女（二十把手槍。繼續學英語，做伏地挺身）——智也

Holy Shit（天呀）！

我把視線移向滿布塵埃的鋼琴。到頭來，哈維這小子還是一點也沒變。

我沒說錯吧？

因為打老婆而死了女兒，因為泡妞而背了上億圓債務。而現在呢？又因為打上班族而得到了半自動手槍二十把，外加裝在塑膠袋裡的子彈。

「別打歪主意。」柴尾一面擦拭雙下巴的汗水，一面用圓滾滾的眼睛交互瞪視哈維與對對胡。「先讓我查清楚，知道嗎？」

我們圍著運動包，盤坐在榻榻米上。

大家明明已經喝了很多酒，哈維拿出來的傑克丹尼威士忌酒瓶卻還是以驚人的速度變空。

「什麼叫做歪主意？」對對胡用宛若被手槍勾走了魂的聲音回答：「手槍本來就是拿來用的。」

一直保持沉默的哈維就只會在這種時候點頭，我卻嚇破了膽。他們一面放聲大笑一面開槍的幻象在我的眼前閃動。

「總之先等等。」柴尾安撫他們。「明天我會請我叔叔調查。」

「要查什麼？」對對胡詢問。

「這些手槍的槍身刻了骰子圖案，對吧？」

聽了柴尾這句話，眾人一起朝著運動包探出身子。

哈維拿出一把槍，我們目不轉睛地凝視著。

柴尾的粗肥手指指著刻在槍身上的兩顆骰子。

「雙么啊？」對對胡嗤之以鼻。「很幸運嘛！」

「哪裡幸運了？」我忍不住潑他冷水。對對胡拿著手槍闖進某家店的幻象歷歷在目。「兩個一點在外國叫做蛇眼，是莊家贏。這是壞預兆。」

對對胡恨恨地瞪著我。

我也不甘示弱地瞪回去。

「這是標記。」柴尾說道：「以前東北的黑道曾經找菲律賓人製造手槍。聽說菲律賓有座製造模造手槍的島，他們去那裡帶師傅回日本製槍，這樣就可以省去走私手槍的麻煩和風險，對吧？後來他們用那些手槍犯下了幾起案子，結果一下子就被查到手槍的出處。你們知道是為什麼嗎？」

只有腦容量和昆蟲一樣的對對胡歪頭納悶。

「因為標記。」柴尾用厭倦的眼神看著對對胡。「那個菲律賓人在手槍上刻了標記。」

「那又怎麼樣？話說在前頭，我們才不會被抓。」

「大家都是這麼想的。」柴尾一字字地擠出話語。「不過，有標記的手槍很危險。如果這是哪裡的黑道叫人製造的手槍，對對胡搶過來，搞不好會演變成幫派之間的問題吧？」

對對胡眨了眨眼，似乎總算明白事情的嚴重性了。他的頭上清清楚楚地浮現了「火併」二字。

「再說……」柴尾繼續落井下石。「如果失手被抓，而對對胡的手槍又已經用來殺過好幾個人了呢？」

對對胡猛省過來，用看著病原菌般的眼神望著包包。

「只要把砂紙塞進槍口，磨掉膛線就行了。」哈維插了多餘的嘴。「這樣就算是犯過案的噴子，也可以解決膛線紋痕的問題。」

對對胡的表情活像在地獄裡看見了佛祖。

在我開口說話之前，柴尾拿起手槍，閉上一隻眼睛，窺探槍口。「這是左輪手槍。」

哈維瞇起眼睛。

「你看，膛線是左旋的。」柴尾把手槍遞給哈維。「只有柯爾特在做左輪手槍，史密斯&威森、貝瑞塔和西格都是右輪手槍。」

「所以呢？」

「的確，磨掉膛線以後，就不知道手槍有沒有用過了，但還是可以透過膛線左旋這一點鎖定槍枝。要是這把手槍有前科，我覺得很危險，因為左輪手槍很罕見。」

「這麼說來……」我抓準時機說道。哈維開槍爆了別人腦袋的幻象就像預知夢一樣映入眼簾。「這些噴子還是拿去賣掉比較好。一把大概值多少錢？」

柴尾盤起手臂。「頂多三十萬吧！」

「三十萬乘以二十把，六百萬啊？」我拚命地把風向帶到賣手槍之上。「雖然杯水車薪，不過還不錯吧？超商一家一家搶，也賺不到六百萬啊！對吧？」

對對胡痛苦呻吟，哈維則是往自己的杯子裡倒波本酒。

「總之，明天晚上再碰一次頭吧！」在沉默加深之前，柴尾做了總結。「我會盡量調查清楚。智也，你明天晚上沒問題吧？」

我模稜兩可地點了點頭。

天還沒亮，性急的蟬兒已經開始鳴叫了。

但願明天晚上之前會有巨大的硬物掉到這些傢伙頭上。

我根本不想去哈維家。

對我而言，最好的結局便是就此淡出他們的視野。俗話說物以類聚，我和那些雜碎不可能是同類。

哈維和對對胡就像是追逐垂在眼前的紅蘿蔔的馬，滿腦子只想著錢、錢、錢，完全不看周圍。跟他們說什麼都沒用。

話說回來，我也沒打算說什麼就是了。

只要有錢，任何想要的東西都可以到手；不過，這絕不是有錢的醍醐味。一旦有錢，就不必擔心錢的問題。和有錢產生的心理餘裕相比，物質上的喜悅根本微不足道。這種道理就跟有女友就不必擔心欲求不滿一樣。

在這個世界，有餘裕的人就是贏家，任誰怎麼說都一樣。錢只會往有錢人身上集中，女人只會向已經有女人的男人靠攏。這是恆久不變的人類通則。

因為錢而迷失自我的人很多，這類人從不思考為何想要錢，只顧著比別人搜刮更多的錢財。這種低劣的人總是貪得無厭，認為只要一個不小心，好不容易到手的金錢和女人都會煙消雲散，所以必須更加貪得無厭。

這種人生有趣嗎？

那對難兄難弟也以為有錢就能擺平一切，不過很可惜，人生沒這麼簡單。的確，有了錢，或許可以度過眼前的難關；但若是沒察覺自己已經成了錢的奴隸，以後還是會有同樣的問題大排長龍等著他們。

跟這種揮舞手槍的傢伙為伍，鐵定不會有好下場。這就是佛教所說的因果報應。依賴暴力的人總有一天會被暴力幹掉，而在生命之火即將消失之際，他們才會頓悟：啊，為什麼會變成這樣？我到底在幹什麼？在西藏密宗眼中，這種蠢蛋來世一定會變成蟲子。

哎，因為太過擔心這種鳥事，我在當天工作時連連出槌。

在木材地板上用了水性蠟，被從事清掃業二十年的領班罵了一頓，接著又在只需要用噴霧拋光劑進行部分修補的地板上打翻了裝著水性半樹脂蠟的水桶，最後不得不獨自清掃整層樓。

不行不行。我一面警惕自己，一面著手清掃大樓玄關口的地板。要是被炒魷魚，夢想的世界旅行就越來越遠了。

我上了密封劑，大略塗上一層蠟油以後，手機響了。

看了畫面，得知是從公共電話打來的，我原本打算置之不理，隨即又想到或許是手槍的事有了新消息，便立刻接起電話。

一接起電話，我就後悔了。

「你要怎麼解決!?」麻美的怒吼聲直刺腦門。「都是因為你那麼說，事情才會變成這樣！」

「我現在在工作……」

「真虧你有臉說這種話！」

「用公共電話打給我，未免太卑鄙了吧！」

「還不都是因為你不接電話!?」

我彈了下舌頭。「這次又是什麼事?」

「我已經不知道該怎麼辦了。」麻美開始抽噎。「他說要暫時跟我保持距離……我該怎麼辦才好?欸!」

我怕被領班抓包,衝進廁所以後才回答:「分手啊!」

「別說得那麼簡單!」

「那就別問我啊!」

「都是因為你說想要人家舔的時候講出來很正常!」

「欸……」

「我要把你的人生弄得亂七八糟!」

「如果這樣可以消妳的怨氣……」嘆息將話語擠了出來。「隨時歡迎。」

「你的人生已經亂七八糟了!還能更亂嗎!?」

「我有朋友把狗屎抹在他討厭的人家的門把上。」

我要殺了你!麻美大吼,狠狠地掛斷電話。

老天爺,請祢讓這個賤貨每天都像生理期第二天一樣鬱卒。

我立刻關掉手機電源,匆忙回到玄關;看到眼前的光景之後,我險些昏倒。

天啊!

有個老婆婆倒在大理石地板上，因為我沒有擺出「作業中禁止進入」的看板。跌倒的老婆婆痛得在地板上打滾。

別慌張，先閉上眼睛，冷靜下來。快動腦，智也，動腦思考。老婆婆似乎只是撞到了腰，這是不幸中的大幸。畢竟每年都有好幾個人因為這種情況而喪命。

我猛然睜開眼睛，迅速且適切地收拾善後，不帶任何遲疑。

要問我做了什麼事，就是立刻將「作業中禁止進入」的黃色看板擺到地板兩側，好把一切的過錯都歸咎於老婆婆自己的不小心之上。接著，我抱起老婆婆，擺出「我可沒有責任喔！妳沒看到那面看板嗎？」的姿態，詢問她有無受傷。

老婆婆一看到我的臉，就嚇得軟了腳，嘴巴不斷地張張闔闔，只差沒把假牙吐出來了。

我這才想起自己昨天和傻屄對對胡打架，所以整張臉都腫起來了，一隻眼睛睜不開，變色的嘴唇是平時的兩倍大。

「啊，沒什麼，只是出了一點小意外。」

我如此掩飾，老婆婆扶起下滑的眼鏡，一臉詫異地交互打量看板和鼻青臉腫的我。

我不著痕跡地擺出「妳妨礙到我的工作了」的態度，湊過臉道歉。「您沒事吧？有沒有受傷？」

老婆婆倒抽了一口氣，身體活像睽違三十年被屌幹一樣僵硬起來；接著，她連聲向我道歉，一面撫著腰，一面歪頭納悶，踉踉蹌蹌地離開現場。

「怎麼回事?·堤！」聞風趕來的領班氣得頭頂冒煙。「你到底在搞什麼鬼!?」

於是，我拿出把老人當小孩看待的態度，鉅細靡遺地說明老婆婆的不是之處。

「大概是老人痴呆了。」

領班看著老婆婆的背影，憐憫地搖了搖頭。

「幸好不嚴重。」我說道：「要是有了什麼萬一，就算我沒錯也會變成有錯。」

領班用充滿信賴的眼神看著我。

撒謊不是問題，問題是撒起謊來臉不紅氣不喘。

下了巴士，我漫步在夜幕低垂的社區裡。

難得吹起了涼爽的風，要是小鬼們沒有用收音機播放髒話連篇的饒舌歌，或許我會覺得這個世界還不壞。

我在巴士上專心地複習今天學到的英語。因為若不這麼做，就會不由自主地思考起不想思考的事。哈維他們用那些噴子……啊，不行不行。

「You wanna fuck up with me?」用英語發音之後，為了抓住語感，我又用日語說了一遍。「想跟我幹架啊？」

語感是很重要的。有些人會無視語感，不管時間、地點與場合使用英語，麻美就是其中之一。明明是個英語老師，卻完全沒有這方面的素質。第一次和她上床的時候，那個賤貨扯下我的內褲，居然說了這句話：「Whoops!（哎呀！）」

充滿憐憫之意的「Whoops」。眉毛拱成八字形，活像抽獎抽到了銘謝惠顧一樣的聲音。

Whoops?

這個賤貨。不是我在吹牛，過去哪個女人沒有嬌喘一聲，拜倒在我的石榴褲底下？

一想起來就火大。我還記得自己就是在當時下定決心要跟她分手的。哎，雖然實際上被甩的是我，不過這不重要。說白了，甩掉我是那個蕩婦的損失，我根本不痛不癢。她最好想起和我做愛的情景，痛苦難耐，後悔莫及。

總而言之。

為了好好培養語感素質，只能運用日語的要領將英文輸入腦子裡。所以，我總是反覆地用英語和日語發音。在某方面缺乏素質的傢伙，通常在各方面都素質不佳。對已經分手的男人進行奪命連環 CALL，就是最好的例子。

越接近居住的樓棟，饒舌歌的音量就變得越大。

同樣的米蟲同樣地無所事事，聚集在同樣的樓梯間。我從他們包尿布的時候就認識他們了，現在見了面，卻連聲招呼都不打。其中有些人還是我教他們學騎自行車的，但他們卻用看到骯髒社會代表人般的眼神瞪著我。

這些傻屄！

我從口袋裡拿出鑰匙甩來甩去，不著痕跡地示意我是住在這個社區的人。雖然我不認為這樣就能改善事態，但總比什麼也不做來得好。搞不好只是因為天色太暗，他們才認不得我。

此時，E-3棟吐出的人影擋住了我的去路。

鑰匙從瞬間僵硬的指尖飛了出去。

距離約有五公尺。

「等、等一下。」看著人影手上的柳刃菜刀，我嚇得險些屁滾尿流。「等、等一下，有話好說。」

「都是你，害得我的幸福溜走了！」麻美用菜刀指著我。「我要殺了你！」

她身上的白色女用襯衫因為汗水而呈現近乎透明的狀態，胸罩的形狀一覽無遺；非但如此，下半身穿的還是迷你裙。真虧她來到這裡的路上沒被強暴，鐵定是託柳刃菜刀之福。

我轉動視線，尋找可以充當武器的東西。

散發著駭人氣場的麻美往前踏出一步，我跟著退後一步。

「聽我說，麻美。」我的聲音帶有抖音。「一樣米養百樣人，我和妳適用的男女關係，不見得妳和其他男人也適用。」

「別對我說教！」麻美口沫橫飛。「都是因為你灌輸我想要人家舔的時候說出來很正常的觀念！所以我才會讓好不容易抓住的幸福溜走！」

「我、我說過，那不是我的錯吧？一直和我糾纏不清的妳多、多多少少也有一點錯吧？」

「囉嗦！」

被全身寒毛為之倒豎的咆哮聲震飛的我一個轉身，拔腿就跑。菜刀刀尖破風而來，劃過我的耳邊。

我回過頭，麻美也停下了腳步。

面對突然闖入的菜刀女，小鬼們一陣動搖，留下了收音機，慌慌張張地四處逃竄。

麻美滿布血絲的雙眼在黑暗之中燦然生光。

我緊張地暗吞口水，心臟都跑到喉嚨來了。

「他和我在同一所大學工作。」麻美淚眼汪汪地哭訴。「整個學校都會誤會我是那種淫蕩的女人，叫我以後怎麼做人？你說啊！」

妳本來就很淫蕩啊！我及時把這句話壓在舌尖。也不想想才剛認識的那一天，妳的雙腿就已經大開到可以直通下個世紀的地步了！

「欸，麻美。」我柔聲說道：「其實他本來就不適合妳。」

「你又知道了!?」

「妳和他上床，有高潮過嗎？」

麻美的臉頰猛然抽搐，活像是屁股坐到了刺一樣。

我的本能讓我確信自己戳中了核心。那種感覺就像是胡亂揮出的拳頭結結實實地打中了對手。

「妳和他交往以後有沒有自慰過？」

麻美無言以對。

我的心裡多了幾分餘裕。仔細觀察，這個賤貨居然化了淡妝，嘴脣也因為脣膏而散發著光澤。

哼，要拿刀砍人還化妝？

心裡的餘裕大幅增長。這個賤貨想跟我上床。這麼一想，就能解釋她為何穿著老女人絕不能穿的迷你裙和有懼高症的人絕不敢穿的高跟鞋了。我敢打賭，裙子底下鐵定是我喜歡的透光內褲。

既然這樣，事情就好辦了。

我頓了好一會兒以後，才緩緩地繼續說道：「說得白一點，妳自慰的時候有沒有想著我？」

麻美的嘴脣開始顫抖。

看吧？

「欸，麻美，這不是男朋友的問題，也不是我的錯。」

「什、什麼嘛……」

「聽好了，是男朋友察覺妳還對我念念不忘，也就是妳的心裡有別的男人。」

這是天啟降臨這個賤貨的瞬間。她的臉頰泛紅，雙眼濕潤。

小鬼們捏著冷汗在一旁看戲。

「妳說我不綁住妳，所以妳才會另結新歡，對吧？我不想被別人綁住，所以我也不會綁住別人，這樣有什麼不對？我和妳之間的心態差異全都是我的錯嗎？我的所在之處才是真正的自由之處，沒有束縛，沒有嫉妒，也沒有算計。」

「所以也沒有責任、義務和權利。」

我凝視著麻美，要讓她知道這句話多麼沒有意義。訣竅在於不直視對方的眼睛，而是將焦點放在眉毛或眉宇之間，這樣就能夠持續凝視而不感到心虛。

「責任與義務處於自由的另一極，是光靠愛情無法堅定地和對方廝守的人為了順應社會要求而找的理由吧？」

「笑死人了，不負責任地追著女人的屁股跑，就是你說的自由？」

「沒有比較對象，任何事物都會變得模稜兩可；當然，人的感情也一樣。妳不也是把我和男朋友放到天秤上比較以後，才選了他的嗎？」

「我已經快三十五歲了。」麻美的聲音拉高了八度。「總不能光靠情情愛愛生活吧!?」

「所以我尊重妳的決定跟妳分手，沒有半句怨言吧？」

「你根本沒有資格抱怨！因為你只是跟我玩玩而已。」

「我不需要多餘的東西。不把一切拋開，就看不見彼此的真心。我希望能夠對自己誠實。」

「哼，根本是小孩子的歪理。你永遠都是個長不大的小孩。」

「或許吧！」我露出悲傷之色，搖了搖頭。「如果擅長說謊才是大人，那我大概永遠長不大。」

小鬼們聽了我的演說，點頭如搗蒜。

麻美試圖反駁，卻說不出任何帶有意義的話語。

嘿，那當然！

否定我，就等於承認自己早已失去了童心，是個充滿虛偽、只會明哲保身的骯髒大人。

「其實妳心裡還有我吧？」我擺了擺手，堵住麻美的嘴。「妳現在心煩意亂，其實想和我一樣自由，卻被社會上的常識迷惑。和我分手是正確的嗎？真的是在往前邁進嗎？即使現在這一瞬間感到痛苦，如果有往前邁進的真實感，知道自己是正確的，就不會這麼失控了。」

「才不是……」

「現在還不遲。」

「咦？」

我在絕妙的時機說出了這句話。「要不要從頭來過？」

麻美畏縮了，為了掩飾她的畏縮而更加畏縮。她現在應該濕透了。

小鬼們也全都大開眼界。

「回到我身邊來吧！我才能夠接受真實的妳。」

「……你是真心的？」

「妳覺得呢？」

「智也……」

麻美身上的殺氣消失了，一行淚水沿著臉頰滑落。

就是現在！

面對這個千載難逢的好機會，我立刻撲向收音機。

麻美回過神來，帶著依舊茫然的表情逼近我。

我利用離心力，在回身的瞬間用力扔出了收音機。一瞬間，時間停住了。舉起菜刀的麻美，飄浮在半空中的收音機，小鬼們的蠢相，一切都靜止了。

下一瞬間，收音機不偏不倚地擊中麻美的臉龐。

小鬼們一陣譁然。

我將逐漸崩潰的麻美扔在腦後，拔腿就跑。

「我要殺了你！」歇斯底里的聲音追了上來。「我絕對要殺了你！」

我用最快的速度破風疾馳，穿越了社區。

這陣子回不了家了。

無可奈何，先去哈維家吧！

「欸，喂！」對對胡的聲音充滿威嚇感。「你有沒有在聽啊？」

我連頭也沒抬。

「你從剛才就在幹麼？」

我像印度白牛一樣超然地充耳不聞，全神貫注於填字遊戲之上。縱7，愛爾蘭的啤酒，三個字。

「不想加入的話就滾出去，王八蛋。」

我依然垂眼看著雜誌，回答：「這裡是哈維家，你跩什麼跩？」

「你說的哈維現在遇上了困難！」

「你們的困難乖乖在三步之後當跟屁蟲吧！」

「你說什麼！」

「夠了。」哈維一臉厭煩地把拍楊楊米而起的對對胡拉回來。「先聽柴尾把話說完。」

對對胡站著瞪了我一會兒以後，彈了下舌頭，走向廁所。

吵架要吵贏人蠢沒藥醫的對對胡，可說是易如反掌。不過，我因為自己的態度而嘗到了些許孤立感，所以最後還是闔上雜誌，義務性地加入談話。

昨晚的情景在哈維空空蕩蕩的套房裡完美重現。我們四個人圍著裝了噴子的運動包的構圖，剛開封的傑克威士忌酒瓶與香菸的煙霧。

電視無聲地開著。房裡播放著沒人會聽的ＣＤ，不知道是貝多芬還是什麼。

欸，哈維。我在心中對他說話。不管你聽再多古典樂，都無法改變你是打女人的龜兒子的事實。

我覺得有些尷尬，挖了坨鼻屎，混進對對胡的酒杯裡。

哈維和柴尾面面相覷，搖了搖頭。

嘿，管他的！

對對胡回來以後，給了我魔鬼般的一瞥，盤坐下來。見了他的坦克背心底下露出的胸毛，我打從心底感到煩悶。

柴尾抓準時機，重開話題，但我的全副注意力都放在以口就杯的對對胡身上。

「剛才我也說了。」柴尾清了清喉嚨。天氣這麼熱，他的襯衫扣子還是扣得緊緊的。「我請叔叔去四課打聽，據說安浦組好像在私造手槍。然後，旗下的，呃～」柴尾舔了舔拇指，翻閱手上的文件。「黑蝶會也有在經營經紀公司，引進了不少菲律賓人。這個黑蝶會實際上好像經手不少業務，八成是在菲律賓有這方面的管道吧！所以啦，對對胡。」

「啊？」

「要是用了這些手槍被抓包，真的會演變成幫派之間的問題。」

對對胡盤起手臂，活像便祕時一樣低鳴。

哈維望向我，我只好想到什麼說什麼。「那些噴子以前被人用過嗎？」

「目前警察的保管庫裡沒有骰子標記的手槍。」

「那還是只能賣掉了。」

哈維喃喃自語，對對胡接著說道：「再不然就是分給學弟，叫他們拿去賣？」

哈維點了點頭。

咦？把噴子分給學弟去賣？照著「流行犯罪」的要領？事態已經夠糟糕了，還要特地增加被抓包的危險？

這些傢伙前途無亮的程度足可媲美老人安養院。

「對了。」我說道：「那個黑蝶會又是什麼來頭？」

「呃……」柴尾翻閱文件。「會長叫做佐佐龍太郎，現年三十四歲，十幾歲的時候因為殺人而進了少年院，二十幾歲的時候又因為殺人未遂而服刑，據說是把牙膏的軟管塞進菲律賓人的鼻子裡，企圖讓對方窒息死亡。兩個鼻孔各插了五條。」

「對對胡。」哈維把話鋒轉向對對胡。「如果要把噴子賣掉，你可以立刻找到買家嗎？」

對對胡喝了口威士忌，露出了古怪的表情，歪了歪頭。

在這一瞬間，我、哈維和柴尾被牢固的紐帶連結起來了。

「不是同行比較好吧？」對對胡又啜飲了一口酒。「比如背後有幫派撐腰的飆車族？」

「這也很危險吧？」哈維說道。

「一把一把賣也不是辦法。」

「不然賣給路邊的嘻哈風幫派混混好了？有沒有願意一次買下二十把的？」

「喂，智也。」對對胡把矛頭指向我。「你住的社區也有這種幫派混混吧？」

「那又怎麼樣？」我沉下臉來。「話說在前頭，別把我拖下水。」

「呿，膽小鬼。」

我白了對對胡一眼。其實他說對了，如果可以，我恨不得立刻在屁股上揚帆逃走。「囉嗦，屁眼混蛋。」

「你說什麼！」

「你們想要一口氣賣掉吧？」我意有所指地說道，眾人全都把臉轉向我。「既然這樣，把這些嘖子賣到原本該賣的地方就好了吧？如果那些上班族是剛買下這些嘖子，再賣給他們一次就行了；如果他們是要拿去賣人，代表原本有人要買吧？」

「原來如此。」哈維拍了下膝蓋。「對對胡，你查得出來嗎？」

對對胡走到廚房撥打手機。

「欸，哈維。」汗如泉湧的柴尾戰戰兢兢地開了口。「我覺得和那些上班族接觸太危險了。」

「現在已經夠危險了。」哈維一口否決。「別說這個了，如果要交易，有什麼需要注意的地方？」

「唔、嗯，呃，最好別開車。」柴尾骨碌碌地轉動眼睛，秉持警察的見識回答這個問題。「這樣不會被臨檢，車牌號碼也不會被車牌辨識系統查出來。不光是手槍，最近不管是護照還是毒品交易都是用電車，比如新幹線之類的。把貨留在位子上，買方和賣方交換座位。」

回到房裡來的對對胡將加了鼻屎的威士忌一飲而盡。「我已經找人幫忙查了。」

真夠草率的。

我躺了下來，拿起遙控器，調大電視機的音量。這樣走一步算一步，事情怎麼會順利？

我聽著背後的傻屄們吵吵鬧鬧。

「總之，不能讓黑蝶會知道。」

哈維說道，對對胡也附和：「片瀨組絕對不會動手，要是事情曝光，我們就會被抓去獻祭。」

「還是算了吧！欸，鐵定會曝光的。那些噴子有標記耶！內行人一看就知道是從哪裡來的。」

哈維和對對胡倏然沉默下來。

實在太蠢了，我聽不下去。

到頭來，這些傢伙就是無法跳脫自己的狹隘常識。在我看來，他們的問題只要離開日本就能解決了。不趁著現在還能自由行動的時候逃跑，要等到什麼時候？

我漫不經心地從牛仔褲後袋裡抽出手機，打開電源一看，發現手機收到了大量的信件。

我連忙確認。

得知八十四封信全都是麻美寄來的，我的背肌立刻凍結了。同樣的主旨密密麻

麻地布滿整個畫面。〈主旨：我要殺了你！〉

我用顫抖的指尖將信件全部刪除。

媽的，我又沒怎麼樣。

我曾經劈腿過被勒頸就容易高潮的女人和被咬到滲血就容易高潮的女人。話說在前頭，我不是在炫耀。總之，有一次我狠狠地咬了該勒頸才對的女人一口，結果被她罵到臭頭，還說我是變態。

換句話說，沒有人會覺得自己是變態。

纏綿中的男女不是常陷入兩人世界嗎？以為世界只屬於他們倆。所以，只要對方接受自己性愛上的癖好，無論是再怎麼異常的行為，都是可以容許的。

伴侶改變，規則也會改變。雖然人類都是變態，總不能讓新變態感覺到舊變態還陰魂不散吧？尤其是剛開始交往的時候。變態行為只能慢慢地顯露，若是想一口氣拓展對方的世界，反而會把人嚇跑。這就和對處女浣腸的意思差不多。

麻美連這種基本的道理都不懂。她是大學老師，所以腦袋僵固不化，以為任何事物都有形而上的法則。這就是榮格的集體潛意識嗎？

嘿，在性愛上才沒有這種鬼東西咧！

不管別人怎麼說，對於堤智也大爺我而言，想要人家舔的時候說出來就是很正常，其他人怎麼想干我屁事！

結果那個腦袋不清楚的賤貨居然發起瘋來了。要殺了我?有本事放馬過來啊!熟悉的聲音傳入耳中，我將視線轉向電視，逃離憎惡的鎖鏈。

畫面右角打上了鼓動觀眾膚淺好奇心的字幕。「黑道分子拒捕　壯烈自爆身亡!」

根據記者所言，中洲某棟大樓的房間發生了爆炸。

媽的，這個社會到底怎麼了?上班族隨身攜帶噴子，警察偷偷幫助犯罪者，從前親熱過的賤貨搖身一變成為跟蹤狂。

記者又提起了那個名字。

「喂!」我用遙控器調高音量。「你們看一下這個。」

「你這混蛋，這種時候還……」

「囉嗦!」我的恫嚇吹散了對對胡剩下的話語。「閉上嘴巴乖乖看!」

哈維和柴尾一臉訝異地來到我的身邊，把臉湊向電視機。

畫面切換了;關心自己的暑假更勝於世上所有不幸的賤貨擺出一副若無其事的模樣，彙整案情。

「挾持菲籍女子負隅頑抗的福岡市黑道組長於剛才釋放女子之後，在黑道事務所裡引爆炸彈自殺。現場的川添小姐，可以告訴我們狀況嗎?」

畫面切換了。背著因為消防車與救護車而一片喧囂的夜晚街頭，記者活像是被捏著乳頭似的，滿臉通紅，滔滔不絕地開始說話。

「好的。福岡黑道組織黑蝶會的佐佐龍太郎嫌犯於剛才，呃～十點二十分左右在位於商業大樓的組事務所裡引爆炸彈自殺。根據獲釋的菲籍女子普莉希拉・拉莫斯小姐表示，佐佐嫌犯可能是因為得知自己感染愛滋病，呃～想拉她一起上路。」

畫面切換，映出了一張黑白照片。

「這個人！」柴尾把我推開，撲向電視機。「就是這個人吧？欸，智也，**就是這個人吧!?**」

哈維和對對胡活像一統天下似地放聲咆哮，緊緊相擁，感動落淚。

「智也？」鼻孔擴張的柴尾用力搖晃我的肩膀。「這個人就是那個人吧？之前那個人吧？」

我把視線從柴尾身上移開，從哈維他們身上移開，從電視畫面中的佛羅多身上移開。

天啊！

我戰戰兢兢地回家收拾行李，帶著滿面笑容出迎的老爸叫我別再回來了。他說我已經長大成人，以後他想為了自己活出第二個人生。

呿，這個同性戀！

馬文・蓋伊是被親生父親槍殺身亡的，而就某種意義而言，我堤智也面臨的現實更加嚴苛。

當我獨自待在哈維家時，對對胡的組長現身了。他向我詢問哈維他們的下落，我一搖頭，就來回挨了兩巴掌。

現在我越來越不敢自己一個人走路了。一有風吹草動，我就膽顫心驚：哇，是麻美嗎!?我甚至曾為了逃離自己的影子而拚命狂奔。或許是反映了這樣的狀態吧！伏地挺身做起來格外帶勁。

除此之外，這一個禮拜間倒是安然無事。

工作結束以後到柴尾的派出所報到，已經成了每天的功課。不管是被麻美堵到，還是被流氓堵到，至少死了還可以拖個墊背的。

吉永先生老是外出下將棋，不在派出所裡，所以我可以好好地陪柴尾玩。

那一天，我一到派出所，就看到柴尾和不知哪兒來的寒酸小鬼在一起看烏龜。

我一眼就看出那個小鬼一定常被霸凌。

柴尾老氣橫秋地講解烏龜的冬眠法則。這個死胖子，八成是想起了過去的自己吧！

在柴尾的介紹之下，我得知小鬼名叫牧草芳郎。

我默默地聆聽兩人的對話，果不其然，小鬼開始訴說自己的困境，柴尾呈現保健室老師狀態，兩人開始討論起霸凌應對法來了。

喂喂喂，你找柴尾商量就錯了啊！芳郎弟弟。

「換句話說，你們兩個現在就在擔心第二學期的事了？」我按捺不住，插嘴說道：「還有一個月耶！」

「現在就擬定對策比較好吧？」

「你是怎麼跟芳郎講的？」

「咦？」柴尾心驚膽跳。他從以前就是這副德行，看了就想霸凌他。「呃，先跟惡霸好好溝通，不行的話只能做好硬碰硬的心理準備，和他們正面對槓……」

「叭叭！」我毫不容情地說道。「你真的完全不懂耶！真虧你這樣還能當警察。」

柴尾嘟起嘴巴。「不然換作是你，你會怎麼做？」

「聽好了，芳郎。」我下了椅子，蹲在小鬼面前。「霸凌是絕對不會消失的。」

小鬼大吃一驚，露出了泫然欲泣的表情。

「像柴尾，小時候就被霸凌，現在也一樣被霸凌。這不是霸凌者有錯或是被霸凌者有錯之類的問題。打個比方，獅子會吃斑馬，對吧？但這不是獅子的錯或斑馬的錯吧？」

小鬼一臉膽怯地微微點頭。

「霸凌者和被霸凌者基本上也是同樣的道理。」

「那我永遠都會被霸凌嗎？」

「要是維持現狀的話。」

「什麼意思？」

「如果在只有斑馬的世界，斑馬就不會被獅子吃掉了吧？」

「嗯。」

「所以，你只要尋找這樣的世界就行了。」

小鬼略微思索過後，說道：「意思是叫我轉學？」

「這是目前最好的辦法。」

「可是，柴尾先生說只要好好溝通，他們就會……」

「會了解才怪。」我用食指戳了戳小鬼的額頭。「只要好好溝通，獅子就不會吃掉斑馬了嗎？」

鈴聲響起，我和芳郎同時回過了頭。

柴尾拿著手機衝進裡間。

看他那麼慌張，搞不好是救生梯的馬子打來的電話。真是的，虧我正在發表金玉良言。

「別信那個死胖子說的話。」我回到話題上。「世界很大，一定有適合你的地方。」

「是嗎？」

「一定有的。」我凝視著小鬼。「人生有一半都是用來尋找這樣的地方。」

「那另一半呢？」

「另一半是用來在那個地方快快樂樂地生活。」我摸了摸小鬼的妹妹頭。「被霸凌不是你的錯，只是現在的地方不適合你而已。」

小鬼的臉龐宛若花朵綻放一般亮了起來。

「如果你努力尋找自己的棲身之處……」最後，我如此收尾。「或許以後我們可以在世界的某個地方重逢。」

滿臉通紅的小鬼抱起裝著烏龜的飼養箱，踩著輕盈的步伐離去了。

我對著夕陽瞇起眼睛，伸了個大大的懶腰。做好事的感覺真不賴。

柴尾從裡間走了出來。

「喂，我跟你說。」我迫不及待地誇耀自己是如何薰陶小鬼的。「剛才那個小鬼……」

「電話是哈維打來的。」

話頭被打斷，我彈了下舌頭。

「他說今天和對對胡一起去賣那個玩意。」

瞧柴尾這小子神情這麼凝重，鐵定是發生了什麼不幸的事態。這麼一想，我不禁滿心期待。

「他們在電車裡交易。」柴尾喃喃說道：「可是裝了那個玩意的包包被搶走了。」

「誰幹的？」

「他們在電車裡遇上了集團勒索。」

「啊？」

「欸，智也。」柴尾用被拋棄的小狗般的眼神看著我。「哈維他們會有什麼下場？」

我當場笑死。

突破口——哈維

「喂，羽生。」生田用木刀抵著我的胸口。「錢籌到了沒？啊？」

我垂著臉，無言以對，對對胡也一樣。

被痛毆一頓以後，我們乖乖地在神龕前正座。

「哎，一億是筆大錢，一時間當然籌不出來。」坐在沙發上磨指甲的片瀨頭也不抬地說道：「這樣一來，就沒有多少選擇了。」

組裡的小弟輪流毆打我們。他們就是不久前和我們一起打麻將的那些人。

我恨不得說出噴子的事。要是知道搶走黑蝶會噴子的是我們，這些傢伙應該會嚇得軟腿吧！

噴子被小鬼們搶走了，無法以一句「只是個小誤會」帶過，嘻皮笑臉地拿去歸還。倘若能夠用錢解決倒還好，如今黑蝶會已經不存在了，安浦組會直接出面；若是演變成千千岩會與安浦組正面火併的局面，片瀨組不到半天就會消失無蹤。

要是說出這件事，大概無法活著離開這裡吧！這一點我很清楚。只要我和對對胡消失，事情就可以當成從未發生過。

不過，這是張王牌的事實並未改變。被逼到走投無路的時候，我就跟這些傢伙同歸於盡。

「一。」生田揪住對對胡的頭髮，讓他抬起臉來。「替你們買保險，讓你們出車禍。二，抓去當奴工。三，賣內臟。」

「就算把他們的內臟全挖出來大拍賣也不夠賠。」說著，片瀨用指甲刀指著對對胡。「你們把北川的左手壓住。」

四、五個小弟合力壓住對對胡。

片瀨緩緩地從沙發上起身，在對對胡面前蹲下。「羽生不是我們的組員，所以帳要記在你頭上，懂吧？北川。」

對對胡膽顫心驚地仰望片瀨。

片瀨用指甲刀抵著對對胡的小指頭，待對對胡理解狀況之後，便開始緩緩地拉鋸指甲刀。

對對胡放聲哭喊，生田立刻從背後用毛巾綁住他的嘴巴。

片瀨以模糊的哀號聲為背景音樂，花了整整五分鐘砍下對對胡的小指頭第一關節。

「欸，羽生。」片瀨將染成鮮紅色的指甲刀扔到桌上，轉向了我。「要你們每天還錢太吃力了，三天還一次就行。每隔三天，帶一百萬過來。」

我看著在地板上打滾的對對胡。

片瀨的表情在眼鏡的反射之中融化了。

「聽到了嗎？喂！」

說著，生田用木刀敲我的頭。

「要是籌不到錢……」片瀨在血跡斑斑的鏡片後頭瞪大了不祥的雙眼。「每隔三天，我就砍掉北川的一截手指。」

「手指砍完了換手臂，手臂砍完了換雙腳。」生田鉅細靡遺地補充說明。「等到最後成了不倒翁，就換你捅北川的屁眼。」

混蛋。

夢裡的飼育員是貝多芬。

雖然沒有蒙眼，但我一樣是匹馬。

我拔足疾奔，為了跨越低矮的柵欄而猛烈加速，卻一再失敗。

「早知道就養蜜蜂，蜜蜂有翅膀也有針。」長得和貝多芬一模一樣的飼育員如此說道。「蜜蜂沒有自我。」

我拚命地跳躍。

柵欄在腳蹄下流過。

著地。

柵欄依然在前方，而我停留在原地。

酷似貝多芬的飼育員走過來，在我的雙眼上蒙上黑布。

我的狀態稍微好轉了。

宛若身體離床一公分般的不踏實感。抗憂鬱劑的副作用，就是焦躁感、疲勞感與虛無感。

我拖著沉重的身體下了床。

肚子不餓。上一頓正餐是什麼時候吃的？我完全想不起來。抗憂鬱劑的副作用，就是食慾不振、反胃和頭痛。

我看了掛在牆上的小熊維尼鐘一眼，時間已經過了上午十點半。

餿味陰魂不散地縈繞周圍。一整晚都在嚷嚷「手指好痛，手指好痛」的對對胡的鼾聲從榻榻米房間傳來。

我脫下滿是汗水的T恤，沖了個澡，並從散落一地的衣服裡選了件比較不臭的印度棉開襟襯衫穿上。

我把CD放進收音機裡。

和著沒喝完的波本酒吞下了百憂解。

貝多芬的第九號小提琴奏鳴曲《克萊采》以渾厚的和聲拉開了序幕。這是老媽在離家出走前常聽的曲子。

上了國中以後的我，只剩下打架、籃球和貝多芬。當時智也不在，和對對胡也還沒認識，而柴尾總是一副畏畏縮縮的模樣。

我對老媽的怨恨根深柢固，唯有這首曲子一直耐著性子聽。我以為繼續聽下去，總有一天能夠領悟什麼。

某一天，柴尾發現了托爾斯泰的小說《克萊采奏鳴曲》，我拚命看完了。那是個描述俄國貴族夫人和小提琴家搞外遇，最後被丈夫刺死的故事。

其中有這麼一段。「這首克萊采奏鳴曲著實是種可怕的玩意，尤其是開頭的部分。總歸一句，音樂是種可怕的玩意。」

老媽喜歡古典樂，也常聽其他曲子。之所以讓我和老哥學鋼琴，也是因為這個緣故。

我不敢說是這首曲子讓老媽發了狂。不過，我只知道一件事，就是發狂的人都是因為發狂比較輕鬆才發狂的。藥頭當久了，就很明白這個道理。對於發狂的人而言，任何事情都可以成為發狂的理由。

那個女人也一樣。

我打了那個女人，那個女人抱著小嬰兒跳窗自殺。

「你有把美加當成一個活生生的人看待嗎？」老哥是這麼說的。「別把你自己描繪的未來硬塞給別人。」

老哥錯了。我有沒有把那個女人當成活生生的人看待，根本無關緊要。

老媽離家出走之前，老爸是個正經人，不喝酒也不抽菸，老媽生日時還會買花送她。可是，老媽還是另結新歡。

就是這麼回事。

就算我沒有打她，就算我沒有把一廂情願的未來硬塞給她，那個女人總有一天還是會殺了瞳。

老媽和那個女人都是因為想發狂而發狂的，如此而已。

不知幾時，鼾聲停住了。

我屏住呼吸，因為我覺得這麼做比較好。

紙門分隔了寂靜，小提琴的音色並沒有多大的意義。

過了一會兒，一道低鳴聲傳來。低鳴聲越變越大。「媽的，我要殺了你們。媽的，我要殺了你們……」

彷彿身體即將四分五裂般的聲音。每當對對胡捶打榻榻米，房間就跟著搖動。

「媽的，我要殺了你們。媽的，我要殺了你們……」

我又吞了一錠百憂解。

「幸福的家庭都是相似的，不幸的家庭各有各的不幸。」

我不知道下文。好不容易啃完了《克萊采奏鳴曲》，我又拿起這本《安娜・卡列尼娜》，但是才看了三分鐘就扔到一旁了。

然而不知何故，我始終無法忘記開頭的這段文字。托爾斯泰這個人到底在想什麼？這種理所當然的道理還寫得這麼跩。光是這段文字，就足以讓我燒了這本書。

有些人一在人生路上跌倒，就會歪頭納悶自己到底在哪裡走錯了路。高二的時候，對對胡因為持有大麻被捕而退學，他老媽就哭哭啼啼地說了這種話。

我很了解她想哭的心情，不過在我看來，就是因為連在哪裡走錯了路都不知道，才會走錯路。如果知道自己是朝著哪個方向前進、在做什麼事，就不會迷路了。連這種事都搞不清楚的蠢蛋遲早會走錯路。

換句話說，現在的我和對對胡就是這種蠢蛋，完全搞不清楚自己在做什麼事、是朝著哪個方向前進；身在五里迷霧之中，只能盲目地摸索。一億圓鉅款壓得我動彈不得。

或許是急流勇退的時候了？這是老天爺為了讓我洗心革面而賦予的試煉嗎？我心目中的自由在老天爺看來其實愚不可及，奧斯威辛集中營大門上寫的才是真理？「勞動帶來自由」。

「喂，哈維。」沉默了約十分鐘的對對胡連珠炮似地說道：「那個紫色頭髮的歐巴桑如何？她看起來很有錢。」

我從打斜的座椅上起身，隔著擋風玻璃將視線移向對對胡所指的方向。

炙人的八月陽光在閉了片刻的眼裡緩緩地漫射。

身穿豹紋緊身褲的歐巴桑看起來活像啤酒桶，正推著裝滿購物袋的推車從商場裡走出來，手上還抱著一隻小狗。

不行。我還顧停車場。帶著寵物的人通常不講理。

「你為什麼選這家超市？」

我聳了聳肩。我覺得在配合生活補助金發放日舉辦特賣會的這一帶下手，成功率比較高。

對對胡用纏著新繃帶的手調整領帶，並透過車內後照鏡檢查七三分的頭髮。

「這堆戒指總共花了多少錢？」

我從夾克口袋裡拿出一只氧化鋯戒指。這顆最大的大概是五百圓。

對對胡把臉湊近戒指的標價牌。「三百萬啊？」

這是鑽石，當然要有這個價吧？

「你覺得可以換到多少錢？」

頂多五、六十吧！

「五、六十。」對對胡自嘲地笑了。「我的第三關節的兩天份啊？」

在小指頭第一關節被剁掉的三天後，對對胡順利地失去了第二關節。

「欸，哈維。」

啊？

「我們為什麼不逃跑啊？」

為什麼？

「是覺得如果現在逃跑，以後就再也站不穩了嗎？」

我沒有回答，而是透著午後的光線凝視氧化鋯戒指。

粉紅色的角柱不斷閃動著。

頭一個搭訕的老太婆一看到我拿著裝了戒指的牛皮信封靠近，就像是看到脫褲遛鳥的變態一樣，立刻發動車子離去了。

接下來的太妹跟她講日語根本講不通。就算我出示牛皮信封，再三表示我正在尋找失主，她答的永遠都是同一句「怎麼可能～」，顯然是吸膠吸到腦袋都融化了。

下一個一副無業遊民樣的死胖子狐臭太過強烈，我主動轉身逃走。

輕鬆賺大錢、一夕致富——和這類字眼擁有異常相容性的人，我一眼就看得出來。即使在三連敗之後，我依然對自己的觀察力堅信不移。

凡事都講求時機與適性。所以，我決定不再找老太婆、太妹和死胖子了。

而我盯上的是一個五十來歲的歐吉桑。

走出商場的歐吉桑摸索自己的全身上下，像是在找電車車票。

我一看便知。

他的全身散發出快來坑我的氣場。我瞥向商場左邊，在自動販賣機前待命的對對胡點了點頭。

我調整臉部肌肉，告訴自己：我是個心地善良、充滿道德的好青年。

遠遠看上去，歐吉桑像是戴著貝雷帽，走近一看才知道那是他的髮型。他穿著黑色西裝，讓我很想詢問你待會兒是要進棺材嗎？

我宣稱自己正在尋找失主，歐吉桑立刻撲向了牛皮信封。

就放在廁所裡。我拿出最大顆的氧化鋯戒指，放在掌心。我拿起來一看，裡頭都是戒指。

歐吉桑將標價牌翻過來觀看，眼睛成了點狀。他湊近臉孔，再次仔細確認數字。「這、這個值三百萬圓耶……」

我擺出不知情的表情，將剩下的戒指從信封裡拿出來。

我們湊著頭計算六只戒指的總價，花了一分多鐘才得出一千兩百萬這個數字，又花了一分鐘才從這個數字清醒過來。

可是，這麼昂貴的戒指怎麼會裝在這種信封裡？我引導話題的方向。而且連標價牌都沒撕下來。

包圍歐吉桑的空氣轉眼間變得又濁又黑。他窺探我的表情，喃喃說道：「或許是贓物。」

咦？贓物？

我驚訝地瞪大眼睛。沒想到這麼快就聽到這句話。

坑殺肥羊的時候，最好的方法就是讓肥羊說話。我遵守這個黃金法則，牢牢閉上嘴巴，靜待歐吉桑說話。

不久後，歐吉桑戰戰兢兢地詢問：「你要怎麼處理？」

我一臉困擾地微微歪頭。不說要交給警察，是為了給對方留下我正在天人交戰的印象。

「假設，我是說假設，假設這是贓物，你把這種東西交給警察，不會有問題嗎？」

就是說啊！要是警察以為是我們偷的就糟了。

「對吧？」歐吉桑盤起手臂，用卑鄙的目光瞄著我，喃喃自語。「該怎麼辦呢？」

為了從歐吉桑口中引出遲遲未出現的決定性字句，我故意潑冷水。可是，這會不會是假貨啊？

歐吉桑一臉哀傷地眨了眨眼。

就在這時候，背後適時傳來了一道聲音。「哦，這可厲害了。」

歐吉桑嚇了一跳。

回頭一看，穿西裝打領帶、戴著無度數眼鏡的對對胡正在窺探我手上的戒指。

「你、你是什麼人!?」歐吉桑活像護著骨頭的狗一樣咄咄逼人。「太、太沒禮貌了吧！」

「失禮了。」

對對胡一派從容，從口袋裡拿出昨天叫柴尾用電腦印製的名片，先遞給歐吉桑，再遞給我。職銜是〈西日本寶石協會一級鑑定士〉。

「恕我冒昧。」對對胡切入正題。「那些戒指可以借我看看嗎？」

我把目瞪口呆的歐吉桑撂在一旁，將裝著戒指的信封交給對對胡。

在這裡會擋到別人通行——對對胡掰了個冠冕堂皇的理由，於是我們將陣地轉移到推車放置場旁邊的河岸。

歐吉桑一副做了虧心事的模樣，忐忑不安地四下張望；就算不是警察，看了也想上前盤查。

對對胡從公事包裡拿出寶石鑑定士常戴在眼睛上使用的那種小型放大鏡，仔仔細細地鑑定六只兩千圓的戒指。

哦！這可厲害了。每當對對胡如此裝模作樣地輕喃，歐吉桑的眼睛便浮現了清楚的￥符號。

歐吉桑活像是家醜被人揭露似的，板著臉孔聽我說明撿到戒指的經過。說到這或許是贓物的時候，我還以為他會勒住我的脖子咧！

「這是好貨色。」對對胡用內行人的口吻感嘆道：「標價牌上的金額也還算合理。」

歐吉桑吞了口口水，一千兩百萬的數字在頭頂上飄來飄去。

走到這一步，已經沒問題了。我盡情地享受這種互相揣測心思的沉默。

「剛才這位先生說或許是贓物。」對對胡看著我如此說道，歐吉桑彈了下舌頭。

「兩位打算怎麼辦？交給警察嗎？」

這麼昂貴的東西。說著，我用求助的眼神看著歐吉桑。還是交給警察比較好吧？

「不過，如果是贓物，失主是不會現身的。」

「就是說啊！」歐吉桑士氣大振。「順便問問，如果交給警察，這些戒指會怎麼處理？」

對對胡含糊地聳了聳肩，歐吉桑則是滿嘴嘀咕著真可惜、傷腦筋，來回踱步。

此時，對對胡微微皺起眉頭。

在我看來是這樣。

歐吉桑停下腳步，望著對對胡，對對胡卻凝視著空無一物的方向，皺起眉頭，若有所思。

呃，鑑定士先生？我不安地呼喚。怎麼了？

「啊，不……如果是贓物，就算等上六個月，也不見得會歸兩位所有。」對對胡宛若大夢初醒，把該說的話一口氣說完。「兩位自己平分應該沒問題。」

歐吉桑帶著目睹耶穌降臨般的表情，陶醉地仰望對對胡，只差沒親吻他的鞋子。

「如果兩位願意……」對對胡說道：「我可以用一千萬圓買下來。」

歐吉桑的表情一瞬間黯淡下來，大概是在計較剩下的兩百萬圓吧！然而，他轉念一想，似乎認為這個條件還不壞，頻頻向我使眼色。

於是，我詢問對對胡。一千萬圓，呃，請問您現在就帶在身上嗎？

「不不不，怎麼可能隨身攜帶這麼多錢呢？」對對胡像機器人一樣搖頭。「不過，兩位明天到我店裡來，我就可以把款項付清。」

那這些戒指今天要怎麼辦？我偷偷向對對胡使眼色，以免被歐吉桑發現。由我保管嗎？

現在的主角是這位「西日本寶石協會一級鑑定士」，因此在對對胡開口之前，沉默支配了現場。

這小子是怎麼了？

「不如兩位分別保管如何？不過，我這算是收購贓物，冒著三年以下有期徒刑的危險。」終於恢復正常的對對胡用手制止有話想說的歐吉桑，繼續說道：「所以，如果想把戒指變現，要請兩位也展現一下誠意才行。」

「誠意？什麼誠意？」

「這個嘛……」對對胡擺出略微思索的模樣。「一千萬圓對分，就是五百萬圓；先拿出其中的一成給我當擔保，如何？當然，只要到我的店裡來，我就會把這五十萬還給兩位。」

歐吉桑裹足不前。

這時候輪到我上場了。

我拿出手機，一面瞪著對對胡的名片，一面撥打電話。歐吉桑露出「哦，幹得好」的表情，靜觀事態的發展。

我對著自己的語音信箱演了一齣戲。

掛斷電話以後，我對歐吉桑這麼說。沒問題，確實是店裡的電話。

歐吉桑去領錢的空檔，對對胡一直默不吭聲，冰咖啡連一口也沒喝。

我們待在可以環顧停車場的咖啡館戶外露臺。在炎陽炙人的大白天裡待在這種地方的神經病，除了我們以外沒有別人了。

因此，我們才選了這個地點，為的是把意外狀況發生率降到最低。

過了一陣子，歐吉桑回來了。

一往椅子坐下，歐吉桑便轉向對對胡。「恕我失禮，誰曉得你的店裡會不會有什麼牛鬼蛇神？」

對對胡不發一語，一副心不在焉的感覺，將臉湊近歐吉桑嗅了嗅。

一臉不安的歐吉桑也嗅了嗅自己的夾克。

這小子從剛才就一直這樣，到底是怎麼搞的？

我在一旁捏了把冷汗，但歐吉桑似乎沒把對對胡的異樣態度放在心上。他依然是一副忐忑不安、毛毛躁躁的模樣。

「所以我想了想，明天還是在這裡見面吧！我把我的那份錢放進寄物櫃裡了。」歐吉桑看著我。「你最好也這麼做。鑰匙就交給鑑定士先生保管。能夠一口氣拿出一千萬的人，應該不會貪圖一百萬這種小錢吧！我們就照著鑑定士先生說的，把寶石分成三份，分別保管。就算出了什麼問題，也夠回本了吧？」

面對意料之外的發展，我慌了手腳，而對對胡的下一句話害得我險些摔下椅子。

「寄物櫃？王八蛋，你當我是傻子啊？喂！」

歐吉桑驚慌失措。「你、你怎麼突然……」

怎、怎麼了？我慌慌張張地打圓場。鑑定士先生？

對對胡冷眼看著歐吉桑，沒有答話。

歐吉桑交互望著我和對對胡，汗水在活像貝雷帽的頭髮底下一滴滴地滑落。

歐吉桑的視線終於漂流到對對胡的臉上。

對對胡動也不動。

兩人間的空氣的不快密度持續上升。

歐吉桑一腳踹開椅子，拔腿就跑。

「啊，王八蛋！」對對胡立刻追擊。「慢著，別跑！」

我雖然一頭霧水，還是追著兩人而去。

歐吉桑活像被野獸追趕似地猛烈衝刺。

我們一前一後，在停車場裡疾奔。

對對胡朝著打算衝上車的歐吉桑使出飛踢。

看著對對胡狂踹撞上護欄的歐吉桑，我也加入他的行列。歐吉桑的豐田皇冠正好將我們擋住，沒人看見。

對對胡從倒地的歐吉桑夾克裡拿走了寄物櫃的鑰匙和車鑰匙。

「還、還給我！」

「囉嗦！」對對胡給了他最後一擊。「吃我這招！」

歐吉桑宛若被踩扁的青蛙，呻吟一聲，摀著肚子，再也不動了。

對對胡把鑰匙扔給繞到駕駛座的我。我們同時坐上了車，關上車門。

搞什麼!?我一面發動引擎，一面大叫。這是怎麼回事!?

「你看不出來?」對對胡回頭看著後車窗。「那個歐吉桑是毒蟲。」

咦?

快開車。

我放下手剎車，用力踩下油門，輪胎轟隆作響，皇冠隨即衝出了停車場。

車子一開到國道，我便詢問：你怎麼知道?

「味道。」對對胡打開手套箱，把裡頭的東西全掃到地板上。「我聞到安仔的甜味。」

真的嗎?

「我說的準沒錯。」只見他在腳邊摸索一陣，最後抓起某樣東西，向我揚了揚。

「喏!」

那是裝著白粉的封口袋。

是安仔嗎?

對對胡打開封口袋聞了聞。「有小蘇打的味道。」

這麼說來，是快克?

「以後就叫我人型X檢驗器吧！」

啊，這大概是有史以來對對胡說過最有說服力的一句話吧！

「那個歐吉桑想利用我們打開裝了毒品的寄物櫃，八成有條子在盯著寄物櫃吧！」對對胡從地上撿起鋁箔紙，嘲笑道：「想得美，白痴。」

喂？

「他是想反過來坑我們。」對對胡撕下鋁箔紙，捏成一個小盤子。「可見量應該很多，不然早就放棄了。你不覺得嗎？」

喂？

「這下子說不定就能籌到錢了，也可以拿現貨來還。我可不想再被剁手指了。」

喂！

「幹麼？」

你為什麼沒問歐吉桑寄物櫃裡裝的是什麼？

「幹麼問？」對對胡驚訝地看著我。「他是隻毒蟲耶！」

啊，也對。

「振作點，哈維。對毒蟲沒什麼好問的。」

話題就此打住。

對對胡將快克——古柯鹼混合碳酸氫鈉，也就是小蘇打加工而成的吸煙式毒品

——放在鋁箔紙盤上，並用打火機烘烤盤子底部。

一陣刺鼻的味道立即飄了過來。

對對胡貪婪地吸取裊裊升起的厚重白煙，臉色變得像死人一樣，倒了下來。

我把車窗完全打開。

風吹散了刺鼻的快克煙霧。

夕陽懸掛在國道的另一頭。

啊！流著口水、全身鬆弛的對對胡看起來居然如此可靠，這樣的情況前所未有，今後大概也不會有吧！

偏執狂

在注射奶油或沙拉油到肉類裡的料理用注射器中裝入燈油、水銀與農藥，插進肚臍，注入體內。

不過，這樣一次只能殺掉一個人，而且容易被查出來。

否決。嚴重缺乏淨化作用。

拿菜刀隨機刺殺路人。

這麼做的感覺應該不賴，但是大白天裡在商店街揮刀亂砍未免太沒計畫性，完全感受不到知性。世人對於隨機殺人狂白眼相看，正是因為行為之中不具備任何思想。

否決。就算有淨化作用，我無法忍受被人瞧不起。

在小便池的排水溝裡通電。最近的小便池會自動沖水，通電並不困難。尿液是含有鹽分的完全導體，一旦接觸通了電的金屬蓋，就會立刻休克死亡。

否決。人生已經渾身是屎了，還要搞得渾身是尿？太荒唐了。

一九九五年當時，蒂莫西・麥克維二十七歲，是個在美國農村地帶生活的平凡青年。厭惡聯邦政府擴權、右翼思想纏身的他炸掉了奧克拉荷馬市聯邦大樓，造成一百六十八人死亡，六百人負傷。

試圖打破腐敗的技術中心社會的泰德‧卡辛斯基聲明如果報紙刊登自己的論文全文，就會停止犯案。他被逮捕以後，猛烈反彈主張精神障礙的辯護律師團。這個針對大學與航空相關人士犯案的大學航空炸彈客在十七年間犯下了十六起爆炸案，造成三人死亡，二十三人負傷。

殺人是娛樂，但是殺法不能草率。就這一點而言，炸彈具備思想。

在這個技術中心社會，只要稍加搜尋，連原子彈的製作方式都查得到；只要有心，連鈽239和C４塑料都能弄到手。事實上，光是美國就有兩噸的鈽下落不明。

好了。

雖然出了點狀況，總之骰子已經擲下了。

郊狼來了——柴尾

落入陷阱的郊狼為了逃走，不惜咬斷自己的腿。

男人看到和自己發生一夜情的女人睡臉時，有時候會萌生這種感情──「如果可以逃離現場，就算犧牲一條腿也在所不惜」的虛脫感。

醜到這種地步的女人叫做醜狼（coyote ugly）。總之，智也的〈今日英語簿〉裡是這麼寫的。換句話說，就算找遍全地球，大概也找不到比這個更適合用來形容在我身旁呼呼大睡的恭子的字眼了。

打從那天以來，恭子就不再到自行車道邊緣堵我了。就算是恭子，似乎也無法在有人自殺過的廁所裡享樂。

相對地，現在我一下班，就會坐上她的ＢＭＷ敞篷車前來飯店。

對了對了，在廁所上吊的那個菲律賓人？原來她是黑蝶會旗下夜店的藝人。表面上說是藝人，其實只是妓女而已。

真巧。

事後調查得知佐佐龍太郎和店裡的所有小姐都有一腿，八成是疑心生暗鬼，認定她的自殺和愛滋病有關吧！不然怎麼會自暴自棄成那樣？竟然引爆炸彈自殺。

話說回來，真正可怕的人是智也。自己的謊言害死了一個人，居然還若無其事地說「我又沒說他得了愛滋病」。

我坐起身子，倚著床頭板，床邊桌上活像巨大毛毛蟲的按摩棒映入眼簾。

實在太恐怖了。

恭子從包包裡拿出這個玩意的時候，我就已經滿懷嫌惡感了，更讓我吃驚的是她居然想把這個玩意插入我的屁眼。我忍不住給了她的腦袋一拳，她竟然一副爽歪歪的樣子，直說再來、再來。

真是夠了。

不過，最糟糕的不是這一點。真正糟糕的，是無法抗拒恭子誘惑的我自己。和她上床沒有任何意義，可是我也不明白什麼樣的做愛才是有意義的。跟她在一起，我總是會產生一股強烈的自我厭惡感，但是又沒有獨處時的孤獨感那麼強烈。

世上萬物都是為了填補孤獨感而存在的，至少對我來說是這樣。就這個意義而言，我絕對敵不過哈維和智也。他們永遠能夠獨來獨往。

小學時的哈維比較文靜，而智也則是個孩子王。

智也在五年級時轉學了，上了高中，和哈維重逢時，他大吃一驚。因為哈維原本並不是會和對對胡那種人來往的孩子。

智也轉學不久後，哈維的媽媽另結新歡，離家出走；哈維就是從那時候開始改變的，變得暴躁易怒。

國中時被學長盯上，也是問題之一。他老是被叫出去，打得鼻青臉腫。

而原因是出在哈維的哥哥身上。

哈維的哥哥大我們四歲，是個一臉橫肉的太保，時常勒索低年級生、順手牽羊、販賣飆車族貼紙等等。

有一次，哈維他哥的同年級朋友生日，在學校裡辦了個打架派對；哎，就是把一群低年級生叫到體育館裡海扁一頓的派對。當時不知道怎麼搞的，哈維的哥哥被某個低年級生打得落花流水。

因為這件事，他完全被人看破手腳。

在我看來，哈維的哥哥會弒父，和這件事情應該有關。試想，他在家裡和學校裡都失去了容身之處，不發狂才奇怪。

總之，把哈維的哥哥打得落花流水的那個力丸學長在我們入學的時候畢業了，所以倒還好，問題是力丸學長還有許多三年級的學弟。

他們聽說羽生聰的弟弟也進了學校，早在入學典禮的時候，就虎視眈眈地盯上了哈維。

當時我和哈維一起加入籃球社，社團裡有個惹人厭的學長；要說他哪裡惹人厭，就是會要求我們做仰臥抬腿，而我們的腳只要稍微碰到地面，他就立刻一巴掌打過來。

哈維在一年級第二學期開始不久後就抓狂了。被叫出去的他和那個抬腿學長單挑，結果居然打成平手！

後來，哈維每天就是和學長們不斷地打架、打架再打架。哈維從來沒有贏過，畢竟他的體格並不算高大。不過，聽好了，一次，他就連一次也沒認輸過。就這樣，他獨自奮戰了一整年。

升上二年級以後，和哈維對槓的人全都畢業了，就連抬腿學長也不再找他的碴。我才待了一年就退出了籃球社，可是哈維堅持到了最後。

真的很厲害。

和哈維相較之下，智也簡單明瞭多了。

智也確實也會鬧事，但那只是種破壞衝動，所以他老是做些沒頭沒腦的事。看在哈維眼裡，這樣的行為似乎存在著某種哲學，不過智也才沒什麼哲學可言咧！

老實說，哈維太高估他了。

別的不說，我之所以被大學退學，也是智也害的。

智也辭掉工作以後，就隻身前往尼泊爾，大約去了半年。他在那時候學會了宰羊的方法。

他說把刀子插進心臟側邊，砍斷動脈還是靜脈的話，羊連一滴血也不會流，完全沒有疼痛感。

而大學祭的時候，智也和哈維就當著客人的面宰了一頭小羊來烤。你敢相信嗎？他們說這是尼泊爾料理。

我讀的是佛教大學，這被視為無益的殺生，所以我立刻被退學了。

當時我的眼前整個發黑，真的。

我很生氣，可是智也完全不當一回事，還說這種大學沒有就讀的價值。他說人類是活在無數的殺生之上，無法接納死亡的大學該去吃屎，有益無益不是由大學來決定的。

他的腦袋根本有問題。

我真想讓大家看看哈維當時的表情。他活像在瞻仰教祖一樣地看著智也。那隻小羊也是哈維不知道從哪裡牽來的。

殺生有益無益或許不是由大學決定，但至少我的人生是在那一刻底定的。我八成會和吉永先生一樣，一輩子都在派出所工作吧！非但如此，我明明是拚命用功才考上警察的，大家卻都認為我是靠叔叔走後門。

真是夠了。

總之，每當看到哈維和智也，我都會想：智也的所作所為是為了咬斷綁住自己的鎖鏈，但哈維的所作所為卻是為了找到綁住自己的鎖鏈。所以智也總是過度地排拒一切，而哈維則是過度地獨攬一切。就這層意義而言，他們永遠都是孤獨的。

正因為孤獨，所以堅定不移。

在我想著這些有的沒的時，恭子一直凝視著我。

我暗自心驚。她是什麼時候醒來的？

她仰望我片刻之後，緩緩地說道：「分手吧！」

「咦？」

「男人一露出這種表情，我就會這麼說。」她的聲音很平靜，不帶半點算計。

「因為我不想綁住想逃的人。」

這裡也有個堅定不移的人。

剛複習完紐約式的右轉步，哈維和對對胡便走進了店裡。

授課再次被打擾的真知子老師額頭上冒出了青筋。

我一面承受著眾人的微微責難，一面走向哈維他們的桌位。

心情大好的對對胡踩著輕快的步伐走向吧檯，以一個剛被剁掉小指頭的人而言，可說是元氣十足。

「拜託你，柴尾。」哈維突然低下頭來。「動用你的關係替我調查。」

「什、什麼？」

「這是從剛才釣到的歐吉桑身上搶來的。」說著，哈維將一把鑰匙放到桌上。

「替我查查看警察是不是在監視這個寄物櫃。」

「什麼？怎麼回事？」

「哎，總之先喝再說吧！」對對胡將三人份的可樂娜啤酒放到桌上。「來，乾杯！」

我們輕輕碰撞酒瓶的長頸。

「這小子說……」哈維用酒瓶指著對對胡。「這個寄物櫃裡有寶物。」

「寶物？」

「可能是海洛因。」

「海、海洛因!?」

「你的聲音太了。」對對胡一面打量四周，一面接過話頭。「如果不是海洛因，鐵定是錢。這下子我和哈維就能脫離苦海了。所以啦，你叫你叔叔幫忙調查一下好不好？」

接著，對對胡說明了事情的來龍去脈，但是我越聽越鬱卒。

先是手槍，現在又是海洛因。這些人為什麼老是學不乖啊？

老實說，我不想跟這種事扯上關係，但要是拒絕，不曉得他們會怎麼對付我。

雖然他們倆都是笑咪咪的，臉孔看起來卻活像般若。

高中的時候，對對胡曾經用冰錐刺傷智也的肩膀，理由是智也殺了對對胡養的金魚。大家在對對胡家喝酒的時候，喝得爛醉的智也在金魚缸裡小便。對對胡是禁治產級的白痴。我們打從心底這麼想，也從不諱言；可是，對對胡是純種白痴，完全沒察覺我們的想法。

所以才可怕。

試想，智也殺了金魚確實有錯，可是一般人會為了這種事拿冰錐捅朋友嗎？如此這般，到頭來，我只能任他們擺布。我永遠都是任人擺布。

在兩人的守候之下，我正要按下手機的按鍵，鈴聲卻突然響起，害我差點掉了手機。

接起電話一聽，原來是智也打來的，問我知不知道哈維他們在哪裡。我回答他們和我在一起，智也便交代我待在原地等他過去。

「是智也嗎？」哈維問道。

我掛斷電話，點了點頭。

「他說什麼？」

「說他馬上過來。」對對胡露出了厭惡的表情，我補充說道：「他好像有事找你們。」

哈維聳了聳肩，用下巴催促我打電話。

這時候，手機又響了，我再次嚇了一跳。接起電話一聽，是哭哭啼啼的芳郎。

「喂？芳郎？你怎麼了？」

我用眼神對兩人示意這通電話很重要，但哈維與對對胡卻是每隔十秒鐘就彈一次舌頭。

過了一會兒，對對胡按捺不住，戳了戳我的肩頭。「是誰啊？」

我用手摀住話筒，小聲說道：「是我認識的小孩。他被霸凌，現在很難過。」

「給我。」對對胡不容分說地從我手上搶過手機。「喂？電話換人講了。」

「──」

「我？我是柴尾的朋友。」

「──」

「所以你怎麼了？」

「──」

「啊？」對對胡的聲音拉高了八度。「你是白痴啊？怎麼可能為了這種事情讓你轉學？你也要站在父母的立場想想啊！」

「──」

「那是誰說的？」

「──」

「柴尾的朋友？」對對胡把手機從臉旁拿開，望著我問道：「你有哪個朋友勸這個小鬼轉學嗎？」

我思索了一會兒，想到了答案。「八成是智也。」

「智也？」對對胡面露輕蔑之色，把手機放到耳邊。「喂？你說的柴尾的朋友，是不是褐色頭髮，看起來很輕浮，戴著耳環，講話方式讓人聽了很不爽的傢伙？」

「——」

「他說問題不在於霸凌的人，也不在於被霸凌的人？」

「——」

「那問題在哪裡？」

「——」

「他叫你去找斑馬的國度？聽好了，那種輕浮的傢伙說的鬼話你不用聽。說白了，被霸凌的人也有問題。」

「——」

「欸，我現在正在談要緊事，你的事下次再找柴尾說吧！懂了沒？」

「——」

「別哭。你就是這樣才會被霸凌。」

一想到芳郎的心情，我就對對對胡沒血沒淚的回應方式感到火大。不過，在我開口說話之前，這回換成哈維搶走了對對胡手上的手機。

「喂？」哈維的聲音比對對胡的聽起來親切了幾分。「你被霸凌啊？」

「——」

「喂，小弟弟？哭也沒用吧！喂？」哈維瞪了對對胡一眼，對對胡立刻安分下來，讓我的心情舒爽了些。「剛才那傢伙是白痴，不用把他說的話放在心上。」

對對胡一臉不快地喝了口啤酒。

「聽好了，現在就大哭一場吧！不過，別忘記這種不甘心的感覺。只要你沒忘記，總有一天你的心裡會有某種事物迸裂開來，到時候情況就會變得不一樣了。」

「——」

「因為我也是這樣。我也被霸凌過，所以才知道。」

「——」

「轉學沒有意義。」

「——」

「就算神明真的存在，把那些惡霸從你的班上清除，以後會換另一批人變成惡霸。」

「——」

「你知道小丑魚嗎？」

「——」

「就是《海底總動員》的那種魚。牠們沒有公母之分，體型最大的就會變成母的，第二大的會變成公的，剩下的不公也不母。母的死了以後，公的就會升格成母的，而不公不母的裡頭體型最大的那隻魚又會升格成公的，所以在任何時候都能繁衍下一代。」

「——」

「惡霸也和小丑魚一樣，到處都有。」

「——」

「我？我把惡霸狠狠地海扁一頓。這取決於你要一輩子被人踩在腳底下，還是咬緊牙關爬上來。」

「——」

「聽好了，小弟弟。自己的路要靠自己開拓，別忘了這一點。總有一天，你會遇上了解你的朋友，他們絕不會霸凌你，絕不會背叛你，永遠都是站在你這一邊。」

「——」

「是啊，我和柴尾也是。我們是真正的朋友。等你找到這樣的朋友以後，要好好珍惜他們，知道嗎？」

「——」

「嗯，你隨時可以聯絡我。我會教你打架的方法。」哈維瞥了我一眼。「跟柴尾要我的手機號碼。」

芳郎興奮的聲音從話筒傳來。

哈維又說了一、兩句話以後，才心滿意足地掛斷電話。

我打從心底以擁有哈維這個朋友為傲。問題確實完全沒有解決，不過在把剩下的啤酒喝光的時候，我覺得這似乎不再是問題了。

我打電話給叔叔，而我們沒等智也到來，就決定換一家店。

如果每個人一生發光發熱的時刻是固定的，現在絕不是芳郎的時刻。下次再告訴芳郎吧！像芳郎這種類型的人，往往要到很久以後才會開始發光發熱。就像智也之前說的一樣，一步一腳印，最後才走得遠。

走在前頭的哈維背影。

在我看來，永遠散發著耀眼光彩的那道背影，總是帶著令人哀傷的疲憊之色。我想，這應該是因為哈維總是老實地支付發光發熱的代價吧！

哈維剛才是這樣跟芳郎說的。「我和柴尾也是。我們是真正的朋友。」

我沒有讓他這麼說的資格。別說要賭命保護朋友了，我是個優柔寡斷、毫無覺悟的人。恭子說得對，我的確想逃，逃離這樣的自己。

離開「煙燻哈瓦那」，沒走幾步，就有輛黑色廂型車迫不及待地開過來，停在我們旁邊。

我們停下了腳步。

後車門打開，車裡坐著幾個男人；我們隔了好一會兒，才察覺其中一人是智也。

「我找了你很久，北川。」戴著眼鏡的男人從副駕駛座上探出頭來。那是個一副倒楣相、活像心神耗弱者的男人。「哎，羽生也上車吧！」

對對胡渾身發抖。

我看了哈維一眼，又把視線移向車內。鼻孔裡塞著面紙的智也用破皮的嘴脣露出心虛的微笑。

兩個男人立即下車，粗魯地將哈維和對對胡推向車子。

「你給我記住。」

說著，對對胡恨恨地瞪了智也一眼。

「這是我的臺詞，大白痴。」智也立刻回嘴。「為什麼我得吃這種苦頭？不把你們的下落招出來，被殺的就是我。」

「難得有這個機會。」副駕駛座上傳來一道聲音：「請朋友也一起過來吧！」

一時間，我沒察覺他口中的「朋友」指的就是我；待我意會過來，已經被男人架住雙腋，塞進車裡了。

「片瀨老大！」哈維攀著副駕駛座求情：「和他們無關。」
戴著眼鏡的男人用鼻子哼了一聲。
坐上車子的哈維凝視著智也。
「那是什麼眼神？」郊狼（卑鄙小人）尖聲說道：「是我的錯嗎？我可是被你們拖下水的耶！為什麼還要承受這種目光，哇！？」
廂型車的門關上了。

憂鬱纏身（一個屁和少許謊言）——智也

哈維那小子立刻躲進自己的殼裡，完全摸不清他在想什麼。

對對胡依然用冰冷的視線瞪著我。

媽的，我可是被那些流氓嚴刑拷打，逼問你們這些傻屄的下落耶！你們居然對我擺臭臉？

雖然我在心中如此埋怨，還是忍不住撇開視線。但願這些傢伙的人生永遠都是這麼背。

車子在夜晚的街頭緩緩游動，從國體道路左轉進渡邊路，前往中洲。

我起了雞皮疙瘩。

說到中洲，就想到黑道事務所；說到黑道事務所，就想到拷問；說到拷問，就想到博多灣的魚餌——這樣的圖表在腦海中瞬間完成。

即使如此，我依然覺得自己的下場不至於如此悽慘。一來我和哈維他們惹出的事毫無關係，而柴尾只要表明身分，流氓應該也不敢輕舉妄動。

說到柴尾，他不斷地游移視線，嘴巴活像貝殼一樣緊緊閉著。這小子是不是忘了自己是警察啊？

我想像著柴尾像水戶黃門一樣拿出警察手冊的情景。

雖然我不認為流氓會因此伏地叩首，但至少會說句「嘿嘿，老兄，這次的事只是個小誤會」吧！畢竟綁架公權力可不是鬧著玩的。搞不好還會包個紅包給我們咧……等等。

不是鬧著玩的？

既然不是鬧著玩的，流氓會怎麼做？要是他們沒包紅包，而是殺人滅口，該怎麼辦？

這個新想法讓我的牙關開始打顫，只能暗自祈禱柴尾緊閉嘴巴到最後一刻。

車子停在一棟宛若連接了陰陽兩界的陰森商業大樓前。

「到了。」回過頭來的眼鏡男露出了賊笑。「哎，慢慢來吧！」

我的眼前開始發黑。

自作自受的哈維和對對胡被流氓修理，我和柴尾則是在沙發上正襟危坐。

桌子上是完全沒動過的咖啡。

眼鏡男悠閒地坐在對側。黑色條紋西裝底下是銀色襯衫，胸骨清楚地浮現於敞開的胸口之上，拿著咖啡杯的手豎起了小指。

「你們和我們北川是什麼關係？」

面對眼鏡男的老套問題，我和柴尾動搖不已。

我一面鞠躬哈腰，一面強調該強調的部分：**只是**讀高中的時候認識的**點頭之交**。

柴尾用充滿責難的眼神看著我。

「哎，喝杯咖啡吧！」

我撲向咖啡杯。「謝、謝謝！」

「見笑了，這是我們的員工教育方針。」

我用雙手捧著咖啡杯，洗耳恭聽。

「最近的年輕人總是講不聽，對吧？」

我瞥了肚子被踹、咳個不停的哈維一眼，順從地點了點頭。

「北川？」眼鏡男呼喚，用手制止正要拿木刀敲對對胡腦袋的流氓。「為什麼沒聯絡？害我浪費一整天的時間找你們。」

對對胡咕咕噥噥地說著窩囊的藉口。

「自己的屁股就該自己擦乾淨。」說著，眼鏡男看著我。「對吧？」

「當、當然！」我已經做好準備，若有必要，不惜往對對胡臉上吐口水。「孬種！小偷！快還錢！」

「喏？」眼鏡男把臉轉回對對胡。「你的朋友也這麼說。」

他才不是我朋友！我克制如此吶喊的衝動。柴尾流露出明顯的嫌惡感。

死胖子，你給我記住！

「我知道你們認為我是個連架也不會打的懦夫。或許這是事實，不過對我來說，黑道和其他行業沒有多大的差別，能夠爬上來的終究只有具備協調性的人。不然要怎麼統率底下的人？」

您說的太有道理了！我克制自己如此附和。

「那爬上來是為了什麼？當然是為了錢吧？所以啦，和我有財務糾紛的人，我絕不會放過，懂嗎？」

事務所裡鴉雀無聲。

就連哈維和對對胡都壓抑著急促的呼吸。

當然，我也乖乖地聆聽眼鏡男的高見。

「再這樣下去，有幾根手指都不夠你用。」眼鏡男的聲音頓時嚴肅起來。「生田，把那個拿過來。」

那個叫生田的是個粗頸胖子，他大步走來，將東西放在桌上。

眼鏡男放下咖啡杯，拿起那把修枝剪。

涕泗縱橫的對對胡被木刀撂倒，眼鏡男站起來的時候，他已經被壓在地板上了。

粗頸胖子扯下對對胡左手上的繃帶。

「北川。」眼鏡男喀嚓喀嚓地開闔修枝剪，一臉開心地在對對胡上方彎下腰來。

「這下子你跟這根小指頭要永別了。」

對對胡大聲吐出沒有意義的話語，奮力掙扎的哈維心窩挨了一記木刀，倒了下來。

我頭一次見識剁指頭，竟然忘了自己的立場，興奮起來了。

令人怵目驚心的對對胡小指斷面，黑色的線嵌進了濕潤的紅色肉塊裡。眼鏡男用修枝剪夾住指根。

呼吸急促的眼鏡男環顧在座眾人。

每個人都目露凶光，團結一致地將這種瘋狂行徑正當化。

我緊張地暗吞口水。

對對胡的慘叫聲響徹四周。

此時，柴尾倏然站了起來。「住手！」

時間因為這句話而暫停了。

眼鏡男的臉頰開始抽搐。「你說什麼？」

「到此為止。」柴尾毅然決然地抬起頭來，在最糟的時機說出了最糟的一句話。

「我是警察，你們被捕了。」

一陣動搖過後，流氓迅速地鞏固了基本方針。

殺人滅口方案，採用。

我和柴尾被痛扁一頓，不知何故，還被扒個精光。

「好。」遠遠地傳來眼鏡男的聲音。「沒有竊聽器。」

總部，總部，請回答。半死不活的我倒在地板上如此暗想。我發現了一名大白痴，完畢。

我聽說過，每個人一生都有十五分鐘的時間可以成為主角。現在這一瞬間，我們的柴尾將司老弟成了主角。即使被流氓拳打腳踢，他的嘴裡還是不斷地喊著「我不會再逃避了」、「我不要再當半吊子」之類的鬼話。這小子是撞到頭了嗎？

有人一腳踹開裝死的我。

肚子被踹，害我忍不住放了個屁。這道窩囊的聲音暫時緩和了現場的氣氛。

接著，我又挨了一腳。

淚水不爭氣地濕了臉頰。

「住手！」柴尾果敢地撲在我身上護住了我。「和這個人無關！」

「柴尾……」我淚眼婆娑地仰望柴尾。「快、快放開我。」

「我沒事。」即使背部被踹，柴尾還是牢牢地抱著我。「我會保護大家。」

「你……」

「什麼都不用說了。」

「把你的屌移開。」

直到這時候，柴尾這個棒槌才發現自己的屌碰到了我的臉頰。某個耳聰目明的流氓發現了，哈哈大笑。他調侃道：「怎麼，咦？這就是娘娘腔的友情啊？」

我的理智斷了線。

娘娘腔娘娘腔娘娘腔娘娘腔娘娘腔娘娘腔娘娘腔娘娘腔！

當我回過神來時，我已經一躍而起，撂倒了那個傻屄。

哈維和對對胡充滿期待的表情鼓舞了我。我不斷揮動手臂，拿到什麼就丟什麼。

柴尾大聲咆哮，替我助陣。

在這一瞬間，我和柴尾被牢固的紐帶連結起來了。我們對望一眼，掀起嘴角。上吧，兄弟！

然而，人生沒這麼好混。我們隨即被如狼群般襲來的流氓圍毆，打得眼冒金星。

柴尾的白嫩屁股被毫不容情地踹了一腳。

對對胡接住鼻青臉腫的我，和我跌成一團；就在這時候，對對胡的夏威夷襯衫口袋裡飛出了一把小鑰匙。

臉色大變的哈維撲向鑰匙，卻被粗頸胖子用木刀毆打後腦，轉了一圈，跌落在地。

一個流氓撿起鑰匙，遞給眼鏡男。

「寄物櫃的鑰匙。」眼鏡男的視線飛向了對對胡。「這是什麼？北川。」

對對胡默不作聲。

於是，眼鏡男拿起修枝剪，從沙發站了起來。

我原本以為這回對對胡的手指真的會被剁下來，沒想到眼鏡男居然把矛頭指向了我。被三個人合力壓住的我使盡渾身之力握住拳頭。混蛋，我才不要被剁手指！

見了懷抱必死覺悟的我，眼鏡男嘆了口氣。「那就剁耳朵好了。」

淚水奪眶而出。

「住手。」

眼鏡男把臉轉向聲音的來源。「裡頭裝了什麼？」

哈維一臉痛苦地擠出聲音。「安仔。」

「安仔？」眼鏡男一臉驚訝，隨即又瞇起眼睛。「說清楚。」

於是，哈維斷斷續續地訴說獲得安仔的經過。

唔？

我覺得自己好像在哪兒聽過這個故事，隨即又察覺哈維說的是那一晚的事。遇上哈維老媽的那一晚，從三人組身上搶走手槍的那一晚。

哈維將運動包的內容物換成了五公斤的安仔，繼續說下去。「後來知道那些安仔是黑蝶會的，我們嚇壞了。」

「所以你們就把安仔放在購物商場的寄物櫃裡？為什麼沒馬上跟我說？」

「因為事情要是曝光，可能會演變成黑道火併。」

「佐佐是十幾天前死的。」粗頸胖子插嘴說道：「為什麼你們當時沒聯絡？如果有這些安仔，北川的手指現在還黏在身上。」

「我們是在這兩、三天才知道佐佐龍太郎的事。」哈維說得天花亂墜。「之前沒有多餘的心力去注意。」

粗頸胖子盤起手臂沉吟。

「他剛才說的是真的？」眼鏡男把話鋒轉向我。

我真心誠意地點了點頭。

眼鏡男皺起眉頭，每過一秒，他的臉色就變得更明亮一分。不久後，他開口問道：「現在幾點？」

「快九點了。」某人立即回答。

「那個商場已經關了嗎？」

「應該開到十點。」另一個人回答。

「生田。」

「在。」

「你帶小弟去拿安仔。」

「可是……」粗頸胖子裹足不前。「要是這些傢伙設圈套怎麼辦？」

「你也看到鑰匙掉出來的時候，羽生有多麼慌張了吧？」眼鏡男對哈維投以警告的一瞥以後，才把話說完。「他看起來像是在演戲嗎？」

我迷迷糊糊地望著牆上懸掛的高更複製畫。厭惡歐洲文明，遠渡南太平洋大溪地的高更。

一百多年前的大前輩捨棄了文明，遠渡重洋，描繪幾乎全裸的褐膚女人，而且八成搞過其中幾個；而我卻是待在這種地方，一事無成？

回顧自己的境遇，令我欲哭無淚。

我望著哈維和對對胡的眼睛之中帶著恨意。雖然這兩個雜碎已經變得活像破抹布，我還是恨不得親手勒死他們。

傷勢較輕的柴尾垂著頭唸唸有詞。這個死胖子終於徹底崩潰了嗎？

我們並排在牆邊罰站。

眼鏡男坐在沙發上看報紙，流氓小弟們則是三不五時地毆打我們。

我考慮過從背後的窗戶跳下去，但是一方面因為三樓實在太高，一方面猜想哈維或許有勝算才那樣胡扯一通，便打消了念頭。

「你們喜歡釣魚嗎？」眼鏡男突然說道。「聽說這個時期五島的黑鯛很肥美。」

沒有人答腔，無可奈何之下，我只好陪笑臉。「是啊！我爸爸從前也常去五島釣魚……」

「呼子的烏賊也不錯。我有個認識的漁夫，每年都去釣烏賊；在船上喝一整晚的啤酒，把剛釣到的烏賊做成生魚片來吃，多愜意啊！」

眼鏡男瞥了我一眼，我連忙嘻皮笑臉地附和：好愜意啊！

「夜晚的大海實在很不可思議，在烏漆抹黑的世界裡，只看得見漁火和漂浮在海面的夜光藻。待在這樣的環境裡，會覺得自己好像逐漸消失了。」

這時候，我察覺事情有點不對勁。

「人家不是常說夜晚的大海很危險嗎？明明知道很危險，還是有許多人前仆後繼地在夜裡入海。你們知道是為什麼嗎？」

我因為逐漸膨脹的不祥預感而猛喘氣，努力地搖了搖頭。

「因為他們想消失在大海的懷抱裡。」

全身上下的骨頭開始打顫。

這個王八蛋想把我們扔進海裡！

我幾乎陷入恐慌，哈維和對對胡卻依然不省人事，而柴尾則是在抓他的蛋蛋。

就在我認真考慮跳窗逃走時，門鈴響了。

眼鏡男把臉從報紙抬起來，一臉厭煩地抬了抬下巴。「對鄰居態度好一點。」

一名年輕小弟走向玄關。

我不著痕跡地後退，隔著肩膀窺探窗外。

幽暗的巷弄幾乎沒有行人。鬧區裡的冷清一角。

如果跳下去，鐵定會骨折。哈維的老婆也是從三樓跳下去，摔斷了腿。冷靜思考，就知道只能跳下去。與其在這裡裹足不前，變成烏賊的糧食，還不如把一切賭在微乎其微的可能性之上。

我很明白這個道理。

雖然再明白不過，我還是忍不住躊躇。可能性有四種。一、就這麼被流氓殺掉。二、跳窗之後，幸運被路過的善心人士所救。三、跳窗之後骨折，又被流氓抓住殺掉。四、流氓突然改變主意放了我。

不用說了。

我自己也知道，有個再怎麼想也不可能的選項混在裡頭。不過，對於處於極限狀態的人而言，不可能的選項往往是最有現實感的；這一點希望大家能夠多加體諒。

小弟在玄關說話。

外頭的人也回了些話。

不久後，鎖開了，拆下門鏈的聲音隨之傳來。

我下定決心，無論來者是誰，都要向他求救！

玄關吱吱作響。

我在胸口蓄滿空氣。

「幹什麼!?」

聽了這道突如其來的怒吼聲，眼鏡男從沙發上跳了起來。

「**救命啊！他們要殺我！**」我抓住這個大好機會，聲嘶力竭地大吼。「**救命啊！他們要殺我！**」

亂了陣腳的流氓像無頭蒼蠅一樣東奔西撞。

「**救命啊！他們要殺我！**」我將雙手放在嘴邊，以幾乎快吼破喉嚨血管的氣勢大聲呼喊：「**救命啊！他們要殺我！**」

玄關傳來了物體倒地的聲音，門跟著摔上了。

事務所內倏然充滿了殺氣。

「**救命啊！他們要殺我！救救我！救救我！救救我！**」

流氓七嘴八舌地怒吼，但是在我的嗓門之前就與哼歌無異。有人亮刀子，我才不管他！

去開門的傢伙是爬著回來的。

「**救命啊！他們要殺我！**」這一定就是所謂的砸場子。如此推測的我抱著敵人的敵人就是朋友的心態，繼續大叫：「**救命啊！他們要殺我！**」

一道人影從通往玄關的走廊暗處悄然現身。

「**救命啊！**」見了來者，我大吃一驚。「救命啊，救命啊，救命……」

身體已經僵硬了，只有嘴巴還慣性地張張闔闔。

一認出一頭霧水的我，闖入者便目露凶光。「堤智也！」

眾人不約而同地看著我。

天、天啊！

退路只剩窗外一條。

「我不會把你交給任何人！」

我的雙手無力地垂了下來。在跳窗、骨折、烏賊餌的局面之中，又新增了一個選項。

「我要親手殺了你！」

麻美朝著我舉起手槍。

新選項……射殺。

南無阿彌陀佛，南無阿彌陀佛，南無阿彌陀佛……事到如今，事情怎麼發展都沒差了。萬念俱灰的我在心裡不斷地唸誦佛號。

披頭散髮、雙眼滿布血絲的麻美應該會扣下扳機吧！

在這個哭笑不得的人生閉幕之前，我必須老實承認。我確實做了被殺也怨不得人的事。我曾經在蒙眼做愛的時候和哈維換手。想要人家舔的時候說出來很正常也是我胡扯的，這只是男人設下的老套限時炸彈，是種會在女人和其他男人上床的時候引爆，將關係炸得灰飛煙滅的卑鄙地雷。男性經驗越少的女人，越容易中這種催眠術。

我凝視著麻美。

「妳是怎麼找到這裡來的？」我很意外自己的聲音聽起來竟是如此清脆。「妳一直在跟蹤我嗎？」

麻美露出冷笑。「從你工作的地方一路跟來的。」

「噴子是怎麼來的？」

「不干你的事。」

「麻美。」

「上網買的。」麻美啐道，用雙手舉起槍口。「怎麼樣？滿意了吧？」

「妳、妳是什麼人？」眼鏡男戰戰兢兢地開口說道：「這麼危險的東西，妳是從哪裡……」

話還沒說完，手槍便咻一聲噴了火。

威嚇射擊的子彈被牆壁彈開，眾流氓驚慌失措地找掩護躲起來。

「等等！」眼鏡男軟了腳。「冷、冷靜點！」

眼前的已經不是我認識的那個女人了，而是種自我意識的集合體，努力地想找回被限時炸彈炸飛的自尊心。雖然一槍崩了我無濟於事，但是不崩了我同樣無濟於事。

「麻美。」我無法連結這個名字和眼前的女人，不禁悲從中來。「對不起。」

槍口移回我的胸口。「現在才道歉太遲了！」

「是啊！」

麻美的視線開始游移。

幾秒、幾十秒就這麼過去了。

此時，我意外地發現麻美的眼珠是循著一定的規律性轉動的。她的視線在我的臉龐和更下方的某一點之間來回移動。

我立即意會到這是助我脫離困境的一線曙光。這大概就是人類被逼到絕路時的本能吧！

剛才那個溫順的我不知道跑到哪裡去了。

嘿，這個賤貨，久沒看到我這根像備長炭一樣烏溜溜的金剛杵，整個動搖了！腦細胞瞬間活絡起來。在跨出一步的期間，我的腦裡已經寫好了籠絡這個賤貨的劇本。

「別過來！」麻美重新舉起手槍。「我、我要開槍了！」

「開槍吧！」我稍微試探她。「我不會動的。」

「全都是你的錯！」

「在那之前，我有話想跟妳說。」

「我不想聽你說話！」

「我的確對妳做了很殘酷的事。」我連珠炮似地說道。「不過，那是有理由的。」

麻美狐疑地瞇起眼睛。

果然不出我所料。我暗自竊笑。她完全沒有開槍的跡象。

「其實……」我做了個深呼吸，平靜地開始瞎掰：「我是臥底搜查官。」

「啊？」

「我和這位柴尾刑警一起工作。」我瞥了柴尾一眼，他一臉錯愕。「我們負責掃黃和緝毒。」

「哼！」不信任感在麻美的臉上蔓延開來。「你以為我會被這種鬼話欺騙嗎？」

「不相信也沒關係。」

「你是白痴啊？」

「妳怨恨我是應該的。雖說是為了任務，我的確傷害了妳。」

「我不會再受騙了！」

「我曾經把妳的裸照放到網路上販賣吧？」見了麻美心慌意亂的模樣，我暗自竊笑，但依然維持一本正經的表情。「多虧了那些照片，才能大舉查獲性犯罪者。所有聯絡的人都被我們徹底調查，其中還有柴尾刑警他們一直在追蹤的連續強姦犯。去年在市內犯下四起性侵案的那個，妳也知道吧？」

麻美茫然地搖了搖頭，將視線移向柴尾。

向來不識相的死胖子在這個關頭倒也懂得配合我的謊言點頭。

我聳了聳肩，就像在感嘆對方的社會意識之低，卻也沒忘記露出寬大的笑容，彷彿在說這種事不記得也是難免的。

「你明明只是大樓清潔工！」

「我是潛入以清潔公司當幌子的人蛇集團進行調查。既然妳是從我工作的地方一路跟過來的，應該有看到那家清潔公司裡的那些泰國人吧？從泰國引進少女的就是那些人。」

麻美再次搖頭。

我露出看盡世間醜惡似的苦澀表情，嘆了口氣，彷彿在說世上有些事還是別知道比較好。

「那，那……」麻美抓了抓散亂的頭髮。「你把我的毛剃成心型還染成粉紅色，又是為了什麼？」

「唔！」

我一時語塞。

不過，可別低估了堤智也大爺我。要論在這種局面之下的腦筋靈光程度，我可是不輸哥白尼。

「那是因為……」我若無其事地說道：「我想獨占妳。」

麻美雙頰泛紅，眼眶濕潤。

我們的視線牢牢地交纏。

「為什麼？」不久後，麻美的嘴脣微微地動了。「為什麼你完全沒跟我說？」

「臥底任務連對家人也不能透露。再說……」

「再說？」

「再說……」我用堅定的態度投下炸彈。「我不能讓妳陷入危險之中。」

「智也……」

再加把勁。

終點就在眼前了。

我緩和表情，猶如要進行擁抱一般地攤開雙手。

下一瞬間，麻美的手臂往上彈，爆裂聲震耳欲聾。

眾流氓像烏龜一樣縮起脖子。

我看著背後的玻璃窗上多出的洞。「妳、妳在搞什麼鬼！」

「**你這個爛屌人！**」麻美的咆哮聲轟隆作響。「我要轟掉你那張嘴，讓你永遠無法再撒謊！」

「呃，打擾一下。」此時，嚇破了膽的眼鏡男從沙發背後爬出來。「聽妳的說法，妳是想殺了他？」

麻美狠狠地瞪了眼鏡男一眼。

「早說嘛！」眼鏡男露出了不自然的笑容。「既然這樣，交給我們就行了，我們是專家。如何？」

「囉嗦！」麻美把槍口指向眼鏡男。

「嗚哇！」

眼鏡男活像觸電似地擺出投降姿勢。

這一瞬間，麻美的注意力分散了，一名流氓立即發動特攻。然而，雖然他想用手刀打掉噴子，卻因為動作過於畏縮而被躲過了。

麻美用左手給了那傢伙一巴掌，握著噴子的右手一瞬間變得毫無防備。

我真想大力讚頌此時的自己。以後我生了孫子，會在暖爐邊向他誇耀這段事蹟。我幾乎是反射性地跨出腳步，踢向麻美的手。

「啊！」

噴子離了麻美的手，高高地飛到半空中。

事務所裡的所有人都不約而同跳了起來。

「快把噴子搶過來！」眼鏡男口沫橫飛地說道：「你們還在幹什麼！在那裡，那裡！」

噴子被幾個人的手彈開，在眾流氓的頭頂上跳來跳去。

而我們曾為籃球社員的羽生壽老弟跳得最高，在熾烈的籃板球爭奪戰中稱霸。

「好耶！」我擺出勝利姿勢。「**幹得好，哈維！**」

哈維朝著四面八方揮舞噴子，高聲叫道：「別動！」

眾流氓全都變成了石像，無一倖免。

「對對胡！」

龜兒子對對胡身子一僵，驚慌失措，活像不知道自己身在何處似的。

「把他們全部綁起來！」槍手哈維大喝。「別拖拖拉拉的！」

對對胡回過神來，衝進裡間。

「智也。」

哈維緩緩地轉向我。

「咦？」呼吸倏然急促起來。面對這小子的認真眼神，我嚇破了膽，深怕他會開槍打我。「不，等一下……」

「你看這個。」

說著，哈維揚了揚噴子。

我乖乖照做。

湊過臉一看，刻在槍身上的兩顆骰子映入了眼簾。「真的假的？」

哈維面露賊笑。「俗話說得好，塞翁失馬，焉知非福。」

對對胡拿了幾捲膠帶出來，扔給我和柴尾。

我和柴尾赤身裸體地用膠帶把所有流氓捆起來。

接著，我轉向困惑的麻美。

「被妳甩掉的時候，我真的很痛苦。」

「哼！跟我在一起，卻完全沒把我放在眼裡的人還好意思說這種話。就算摸著我的身體，你的心總是在遠方。你知道我有多麼不安嗎？」

「以後不會再這樣了。」

「……」

「以後我們的心永遠在一起。」我聳了聳肩，瀟灑地眨眼。「不過身體會離得遠遠的。」

一明白我的言下之意，麻美就開始大呼小叫。我也用膠帶捆住這個賤貨。

我的心總是在遠方？嘿，這真是最大的讚美。

仔細一看，對對胡正囟神惡煞般地狂毆眼鏡男。

「住手！」

哈維怒吼，把對對胡從眼鏡男身邊拉開。

「囉嗦！」對對胡因為憤怒而失去理智，執拗地狂踹眼鏡男。「把我的小指頭還來，他奶奶的！」

「住手，對對胡！」

「別攔我！」對對胡怒斥哈維。「小心我連你一起扁，混蛋！」

哈維推開對對胡，拿噴子抵著眼鏡男的臉頰。「把金庫打開，混蛋。」

眼鏡男擺出了卑微的笑容。「哎，哎，先冷靜下來嘛！好不好？」

對對胡立刻給了他的肚子一拳。「快點打開，王八蛋！」

在難兄難弟的拉扯之下，眼鏡男拿下了牆上的高更畫，一個小金庫隨之出現。

我和柴尾則是忙著撿拾自己的衣服。

金庫打開了。

哈維和對對胡倒抽了一口氣。

穿上衣服的我和柴尾也衝上前去。

見了金庫裡堆積如山的鈔票束，我不禁一陣暈眩。我從來沒有看過這麼多錢，應該有十億吧！

哈維彈了下舌頭。「只有這些？」

對對胡不知道從哪裡拿了個厚塑膠袋來，把錢全都裝進去。

「糟、糟了。」柴尾膽顫心驚。「我們快逃吧！」

我、哈維和柴尾立刻衝向玄關，這才發現對對胡沒跟來。

「喂！」哈維回頭叫道：「你在幹麼啊!?王八蛋！」

「你們先走吧！」對對胡用宛若從地底湧上來的聲音說道：「我還不能走。」

「啊？」

我們三人的聲音重疊了。

對對胡緩緩抬起的手上握著修枝剪。

「別管他了！」哈維大步折返，揪住對對胡的胸口。「快走！」

對對胡沒有反抗，但是也沒有動。他被哈維揪著胸口，混濁的眼睛看著空無一物之處。

我和柴尾也折回屋內。

哈維瞪著對對胡，之後像是死了心，鬆開了手，把裝著錢的塑膠袋塞給我。

「你們先走吧！」

我和柴尾面面相覷。

對對胡在眼鏡男面前蹲下，抓住他的頭髮，將他的頭拉起來。

我很清楚，必須早一刻離開這裡。不過，我又好想看對對胡剁眼鏡男的手指，所以我甩開了柴尾拉著襯衫的手。

對對胡拿走了眼鏡男的眼鏡。沒有眼鏡的眼鏡男就和拿下眼鏡的大雄一樣，看起來一副糊塗樣。

「我不要你的手指。」對對胡把臉湊向臉色蒼白的眼鏡男。「我要把你的眼皮割下來。」

一陣嘔吐感從肚子爬上來。

柴尾板起臉孔。

我完全摸不清對對胡肚子裡賣的是什麼藥。可是，哈維似乎了然於心，將眼鏡男的頭抱在腋下，牢牢固定。

我彷彿清楚看見了自己和他們之間的界線，不禁驚惶失措。

「哇啊哇啊哇啊哇啊……」眼鏡男拚命想把臉從修枝剪撇開，可是無法如願。

「住、住手……救、救命啊！」

我看著哈維隆起的手臂肌肉，接著又把視線移回滿是鮮血、淚水與鼻涕的眼鏡男臉上。他絞盡血淚吶喊，但是每個人都充耳不聞。

對對胡把修枝剪的刀刃插進眼鏡男的眼球與眼皮之間，嘴角露出淡淡的冷笑，喀嚓一聲，闔起刀刃。

眼鏡男的眼皮噴出血來，慘叫聲自喉嚨深處迸裂。

「別以為這樣就結束了。」惡魔對對胡的手染得一片通紅，繼續喀嚓喀嚓、一點一點地剪開眼鏡男的眼皮。「剪完眼皮以後，我還會用剪刀剪開你的屁眼。」

柴尾猛然拉了我一把，而我並未反抗。

我們留下對對胡他們，衝出了事務所。

非值勤時間在街上閒逛，聽到了槍聲——柴尾用手機如此通報，上級要求他留在現場待命，等待增援抵達。

因此，我抱著裝了錢的塑膠袋迅速離開現場。

我像是從柏油路裡拔出腳似地踏出第一步，以迅雷不及掩耳的速度衝向人潮眾多、燈火通明之處。

置身於中洲的喧囂之中，好不容易鬆了口氣，這會兒又覺得每個人看起來都活像小偷。不知何故，半套店的攬客員老是找上我。

而我總是緊緊抱住塑膠袋，用鮮血淋漓的臉孔怒目相視。

我撥開人潮，走進小路，來到了那珂川。霓虹燈在幽暗的水面上搖曳。我走過相逢橋。林立於川邊的攤販、酒客人龍，還有一群把非洲鼓敲得咚咚作響的神經病。在節奏聲的鼓舞之下，我穿過了中央公園。

我原本打算搭乘地下鐵，但是被太保包圍搶走所有錢的幻象栩栩如生地浮現於眼前，令我裹足不前。

我調整呼吸，仰望天神站的時鐘。晚上十點三十五分。

T恤被汗水弄得濕答答的。沒有風，充滿廢氣味的沉悶夜氣盤據四周。

排成一列的候客計程車，穿著暴露的醜八怪，向她攀談的推銷員，彈吉他的米蟲，只會求神卜卦、不思自食其力的人們，醉漢，遊民……個個都是無藥可救、卑鄙渺小又骯髒，卻嘻皮笑臉地擺出一副人生還有價值的模樣。

在無以名狀的不安驅使之下，我茫然地呆立原地。喧囂聲逐漸遠去，街道開始旋轉。

世界向來只有我與其他人之分。看著這些可悲的魯蛇，我的感覺猶如被全世界的人指指點點，說發狂的人是你。沒錯，至少在這座城市，發狂的人是我。

我不知道自己為何會突然產生這種感覺。雖然想得出幾個理由，但是每個都不夠充分。

不夠充分。

我招了輛計程車。

一腳踹開不夠充分的理由。一股近似在失眠的夜晚努力回想入眠方法的焦躁感與流動的街景交融。

每過一秒，所有事物便褪色一分。

我緊緊閉上眼睛，不斷地祈禱：快點到，快點到。

我讓計程車停在E－3棟前等我，衝上了樓梯。

一打開門，老爸就開始嘮叨。

我充耳不聞。

直接前往房間的我從抽屜裡拿出護照，塞進牛仔褲後袋。

從牆上撕下學研世界地圖，折起來扔進塑膠袋裡。

我感覺得出自己的情緒越來越高昂。面對老爸喋喋不休的廢話，我摔上了門，宛若腳上長了翅膀似地跳下樓梯。

樓棟入口有幾道黑色人影聚在一起。

一察覺我，眾人便把臉轉過來。每個人都穿著鬆鬆垮垮的衣服，帶著令人緊張的氛圍。

是隔壁棟的小鬼們。

我避免與他們視線交會，穿過他們身邊，小跑步跑向計程車。

此時，背後傳來了一道聲音。

回頭一看，纏著頭巾的小鬼說了聲「晚安」，低下頭來，其他人也生澀地點頭致意。

「智也。」頭巾男往前踏出一步。「上次那個女的你擺平了嗎？」

「啊，嗯。」我一頭霧水。「啊，這麼一提，收音機……」

「沒關係，能夠聽到那段話就夠了。」頭巾男說道，其他人也點了點頭。「我們也不想變成擅長說謊的人。」

我完全想不起自己說了什麼，但還是姑且挺起胸膛。巧妙的謊言有時能夠取代真實。小鬼們，人生可沒這麼單純。

「別太認真。」我把塑膠袋扔進計程車，對他們說道：「小心被綁得死死的。」

「什麼意思？」

「就是謊言和真實其實沒什麼差別的意思。」

小鬼們面面相覷，歪頭納悶。

我已經滑進後座了。

「請問去哪裡？」運將問道。

我把世界地圖從塑膠袋裡拉出來，在昏暗的車內定睛凝視藍線。

從俄羅斯進入歐洲，橫跨歐亞大陸。

我可以在某個地方打電話給哈維他們。我的臉上露出了笑意。那些王八蛋，要是知道我帶著錢遠走高飛，不知道會是什麼表情？

「先生？」

我大大地吸了口氣，與目的地一起吐出來。「去機場。」

副作用——哈維

片瀨失去雙眼眼皮的時候，隱隱約約地傳來了警車的警笛聲。
夠了！我揍了對對胡的背一拳。條子來了！
回過神來的對對胡扔下片瀨，用求助的眼神仰望著我。
快走！
我抓住他的胸口，拉他起身，把他推向玄關。
片瀨不斷地咒罵。那張失去眼皮的臉孔看起來活像詭異的少女漫畫登場人物。
「我會宰了你們！媽的，我要宰了你們！」
我不發一語，拔腿就跑，和對對胡一起離開了事務所。
才剛下樓，柴尾便慌慌張張地奔向前來。「哈維！警察正從大馬路趕過來！」
我給了柴尾的嘴巴一記反擊拳，他的壯碩身軀飛到了路邊。
我拋下目瞪口呆的對對胡，狠狠地踢了柴尾的臉孔一腳。在我不斷地用鞋底狂踹之下，片瀨他們造成的傷勢簡直形同小擦傷。
去弄一輛車過來！我向對對胡如此大叫，並在倒地的柴尾耳邊低吼：跟警察說是被我們打的！不管片瀨說什麼，你和我們都不是一夥的！
柴尾淚眼盈眶。
別哭，死胖子！我給了柴尾一巴掌。聽好了，就說是我們打的！
我就著單膝跪地的姿勢環顧警笛聲的反方向，只見五十公尺前方的暗處，對對胡正拿著某樣東西砸碎了輕型汽車的玻璃窗。

「哈、哈維……」柴尾一面抽噎，一面張開破皮的嘴唇說話。「我、我……你們以、以後打算怎麼辦？」

錢在智也手上吧？

柴尾點了點頭。

別擔心。我用雙手捧著柴尾的臉，望著他的眼睛。能逃多遠就逃多遠。

輕型汽車倒車停到我旁邊。

我對柴尾豎起大拇指之後，跳上了副駕駛座。對對胡一踩下油門，輕型汽車便狂轉輪胎，將廢氣排到柴尾身上。

我立刻拿出手機，打給智也。

那個王八蛋居然關機了。

我打到智也家。電話是智也他爸接的，用不悅的聲音告訴我智也回家過一次，但是又馬上出門了。在掛斷電話之前，智也他爸要我帶話給智也：要幹什麼是你的自由，但是以後別再讓我看見你。

我用拳頭猛捶儀表板，對對胡一臉害怕地加快車速。

我們不知道該前往何方，只能像無頭蒼蠅一樣亂闖。

神似貝多芬的飼育員笑了，露出和鯊魚一樣參差不齊的牙齒。

身為馬的我看了大吃一驚，身為人類的我卻是見怪不怪，因為打從出生以來，就一直是這個飼育員在照顧我。

身為馬的我還是一樣被蒙住雙眼，而身為人類的我則是隔著一段距離靜靜地旁觀。

我的意識在馬與人之間來來去去。對於意識在馬之中的我而言，飼育員就是神，我可以放心地聽從他的吩咐；而對於意識在人類之中的我而言，飼育員是牙齒參差不齊的貝多芬，雖然不是我這種人可以否定的存在，卻也不是什麼單純的好人。

身為人類的我和身為馬的我，與牙齒參差不齊、神似貝多芬的飼育員一起看著斷了翅膀的蝴蝶。

「這隻蝴蝶很幸福。」飼育員說道。

身為馬的我也有同感，這隻蝴蝶真的很幸福，因為牠已經擺脫了人世間的紛紛擾擾。

不過，身為人類的我知道這是謊言。蝴蝶沒有幸福與不幸之分，只會逐漸死去。

「蝴蝶是極權主義者。」

身為馬的我在腦中描繪著無數的蝴蝶，但是身為人類的我卻辦不到。

神似貝多芬的飼育員露出參差不齊的牙齒，手指在鍵盤上躍動。曲子是貝多芬的第五號鋼琴奏鳴曲《皇帝》第三樂章。

身為馬的我陶醉在暢快的旋律之中。

身為人類的我則是察覺了飼育員的意圖，摀住了耳朵。我知道在奔流不息的音符與音符之間有道很深的斷崖。

車子停在海邊的停車場。

在平靜的海浪反射之下，午後的陽光在車內張開了一面光網。

我察覺腦中作響的鋼琴旋律其實是來電鈴聲，抓起了儀表板上的手機。

在駕駛座上打盹的對對胡坐起了身子。

我敲擊按鍵。是智也嗎？

「你們沒事吧？」智也的聲音中夾雜著金屬質的雜訊聲。

嗯。你呢？

「還好。」

你現在在哪裡？

智也賣了個半長不短的關子，接著樂不可支地說道：「臺北。」

啊？我尖聲叫道，對對胡把整個身體都轉向了我。臺北？

「對。」

對對胡歪起嘴巴，瞪大眼睛，像是在要求我進行說明。

「轉機。雖然時間不多，還是姑且聯絡你們一下。」

別開玩笑了。

「不不不，是真的。」

是真的？

「在你開口詢問之前，我先告訴你。錢總共有兩千萬。」

你打算怎麼做？

「如果你是我，你會怎麼做？」

別鬧了，王八蛋！血液一口氣衝上腦門。我毆打儀表板。你想怎麼樣!?

「冷靜點。」

我要宰了你！

「宰了我？」智也嗤之以鼻。「怎麼宰？」

我一時語塞。

「都到了這個關頭，我就打開天窗說亮話了。你們的人生觀和我完全不一樣，老是愛耍熱血，煩死人了。在事情演變成那種地步之前，早該發現現在待的地方容不得自己了，白痴。」智也吸了口氣。「如果早點落跑，現在還可以在某個國家和漂亮小姐一起喝酒，大聲嘲笑那些糊塗的流氓；可是你們卻死賴著這個渺小的城市，緊抓著渺小的自尊心不放。我可是差點被你們拉去陪葬，別為了這點錢囉哩八嗦。」

你給我記住。

「你才該記住我就是這種人。」

我一定會找到你。

「哈！」智也將我的威脅付諸一笑。「先去叫對對胡幫你弄本護照來吧！」

欸，智也，我們是老朋友了吧？為什麼要這麼做？

「你就是這一點煩人。無論是友情或其他玩意，都不會永遠持續下去的。」

聽我說，我……

「是你該聽我說。會永遠持續的事物，不是你想持續就能持續的，而是不管你再怎麼努力甩掉它，都會自動巴上來。這只是一種結果，可是你卻認為只有永遠持續的事物才有價值，對吧？所以才會聽那些根本不適合你的古典樂。你現在是不是在想，我們過去的友情算什麼？難道全是假的嗎？」

太陽穴開始緊繃，眼底一陣抽痛，身體活像打了麻醉一樣，一點感覺也沒有，唯獨腦袋燙得厲害。我拚命咬緊牙關，以免全身四分五裂。

「嘿，人生不是黑白棋，只要放一顆黑子，白子就會全部翻黑。」智也說道：

「別想搬出過去來綁住我，我不會被這種玩意綁住。如果盤面全部翻黑，再開新局就行了。你好歹也是自行思考過後才下了白子，就該以白子為傲。」

對對胡從我的手中搶過手機。「別鬧了你！把錢還來！」

「──」

「很好，王八蛋！我馬上就會找到你！」

「──」

「你少瞧不起人，混蛋！假護照我一下子就能弄到手！」

智也的大笑聲從話筒傳來。

我隔著滿布灰塵的擋風玻璃眺望大海。無數的光芒宛若玻璃碎片一般，在波瀾間閃爍不停。

和男人遠走高飛的老媽，痛扁我的老爸，用鐵製啞鈴打破老爸腦袋的老哥，殺了女兒的老婆，捲款潛逃的朋友。該負責的永遠是我以外的某個人。

不過，這不是事實。

最先將盤面翻黑的不是我。雖然不是我，或許也不是其他人。

也許盤面本來就是這樣。

每個人都沒有發現，或是裝作沒發現，試圖另開新局，以為這樣一切就會好轉。然而，若不改變自己，新局同樣會馬上翻黑。

對對胡還在怒吼，可是我已經完全沒在聽了。

我下了車，坐在護欄上。

令人發笑的和風煦煦吹來。

我把藥盒扔進海裡。

抗憂鬱劑的副作用之一，就是代換問題，把任何事都歸咎到憂鬱症之上。抗憂鬱劑的副作用之一，就是可以在自己和他人之間劃下界線，慢慢地在自己的殼裡腐爛。

我看著手中的手機，打開電話簿。

人是因為想發狂而發狂的。

我按下了按鍵。

既然如此，這種發狂方式或許也不壞。

老媽的手機沒有開機。熟悉的無機質語音如此說道：嘟聲後開始計費，如不留言請掛斷……

我是壽。連我都覺得自己的聲音細若蚊蚋。話接不上來。我會再打電話給妳。

我只說了這句話，便打算掛斷電話。

不可思議的是，話還沒說完。

「下次……」我聽著自己的聲音。「一起去探望老哥吧！」

身為馬的我載著身為人類的我疾馳。
牙齒參差不齊的貝多芬變得越來越小。
我不斷地奔跑。
柵欄的存在已經被我拋諸腦後。
柵欄早已消失無蹤了。

烏龜閃電——柴尾

「你臉上的傷好多了。」

我望著在土堤下釣魚的小孩。

「新學期過得如何？」

芳郎的眼睛倏然亮了起來，但似乎又覺得不適合當下的氣氛，硬生生地皺起眉頭。

「我相信柴尾先生。」

「我是真的被停職了。」

「可是，你不是真的有黑道朋友吧？」

我瞥了芳郎一眼，聳了聳肩。「之前你不是打電話給我嗎？」

「嗯，上游泳課的時候，那些人把我的衣服藏起來……」

「所以你只能用毛巾圍著腰部回家。」

芳郎咬緊牙關。

「當時，你不是和我的朋友講電話嗎？」

芳郎睜大眼睛，轉向了我。「他們是流氓？」

「頭一個跟你講話的那個人是。」我補充說明。「哎，其實他們兩個是半斤八兩。」

「可是，可是，那是……」

芳郎試著袒護我。

我等了一會兒。

然而，小學六年級生似乎難以承受這個事實。口齒不清的話語卡在胸口，看起來很痛苦。

「不過，他們是我的朋友。」所以，我摸了摸芳郎的頭髮。「我們很要好。」手足無措的芳郎垂眼望著飼養箱裡的閃電。烏龜閃電在塑膠飼養箱裡精神奕奕地四處走動。

我和芳郎默默地往土堤坐了下來。

夏天已經過去，但是秋天尚未到來。天空中有許多紅蜻蜓，還可以聽到遠處傳來的蟬鳴聲。

環繞河邊的自行車道上有許多等不及酷熱時段過去的人在散步，彷彿帶有某種確切的目的。

總之，整理一下後來發生的事吧！

最後，我只受到了為期四週的停職處分。週刊雜誌大肆報導我和對對胡的交情，多虧叔叔到處替我疏通，我才得以免去被炒魷魚的命運。哈維他們扮黑臉，也幫了我大忙。再說，我和對對胡之間原本就不存在值得大肆報導的那種見不得光的交情。

片瀨弘嗣嫌犯目前正在住院。醫生打算將他的脖子或側腹上的皮膚移植到眼皮上，可是第一次手術失敗了。警方也同時向他詢問案情，近期內應該就會以違反毒品危害防制條例將他起訴。這是因為從事務所扣押的磁片裡存有和北韓進行的毒品交易的帳簿。

另一個胖子流氓，生田孝藏嫌犯一打開寄物櫃就被炸死了。被對對胡搶走鑰匙的人，似乎就是現在驚動街頭巷尾的投幣式寄物櫃炸彈客。

炸飛生田的炸彈是這個投幣式寄物櫃炸彈客親手製造的C4塑膠炸彈，半徑十公尺內都變得面目全非。第一起案子得手之後，又發生了兩起相同的爆炸案。第二個犧牲者是撿到寄物櫃鑰匙的滑板高中生，第三個則是檢查寄物櫃的保全公司人員。一打開寄物櫃，就會拉動鐵絲，引發爆炸。雖然有人懷疑和蓋達組織有關，但是至今仍未有任何組織發表聲明。

我和恭子不再見面了。雖然偶爾會在「煙燻哈瓦那」看到她，但她似乎已經不把我放在眼裡了。對於這段在逃生梯展開的關係而言，這應該是個恰如其分的結局吧！

決定分手的是她，不是我。我該坦然接受這個事實。

「牧草。」

我和芳郎同時轉向聲音的來源。

有個與芳郎年齡相仿的孩子站在腳下的自行車道，對著芳郎揮手。

「黑木同學！」芳郎開心地叫道，站了起來。「練習結束了嗎？」

那個女孩略帶顧慮地向我低頭致意，大概以為我是芳郎的爸爸吧！

「你的朋友在練空手道啊？」

我也點頭回應之後，仰望芳郎問道。之所以這麼問，是因為黑木同學穿著道服。

「她說她三歲就開始學空手道了。」芳郎拍了拍屁股，轉向了我。「她是從大阪轉學過來的。」

「很可愛。」

「柴尾先生。」

「唔？」

「呃，就是啊……我老是被霸凌，一直期待有一天會有人來救我。」芳郎緩緩地抬起頭來。「呃，可是，其實我也知道不會有人來救我。天底下沒有這麼便宜的事。」

「是啊！」

「可是啊，我覺得天底下也不是絕對沒有這麼便宜的事。」芳郎看著正在踢草的黑木同學。「柴尾先生的朋友在電話裡說的，也許是真的。」

「誰？」

「說要教我怎麼打架的人。」

是哈維。

「黑木同學也有養烏龜，名字叫做瑪姬梅。」

「所以你們才變成好朋友？」

「黑木同學是不是柴尾先生的朋友說的『真正的朋友』，我還不知道。」芳郎羞澀地垂下眼睛。「不過，我要好好加油，就算沒有黑木同學，也不能被霸凌。」

「這樣啊！」

「我想，這應該就是『開拓自己的道路』吧！」

「太好了，芳郎。」

「我會再去派出所玩的。」

「謝謝。」我面露微笑，拍了芳郎的屁股一下。「去吧！朋友在等你呢！」

芳郎在土堤中段跌了一屁股跤，閃電從飼養箱裡滾了出來。

「你真的是笨手笨腳的耶！牧草。」

黑木同學戳了戳芳郎的頭。

哈維他們自那一夜以來，完全沒有聯絡我。

糟糕的想像要多少有多少，而最糟的一種就是我對於他們而言已經毫無用處了。

每當我如此認真思考，腦袋就會像平底鍋上的爆米花一樣劈里啪啦地迸裂，不知如何是好。

我老是想起一些有的沒的事。

小學的時候，去智也家的路上下起雨來，我找了個地方避雨，結果有個從沒看過的叔叔找我說話，我的褲子就這樣莫名其妙地被他脫了下來。

我嚇得無法動彈，不知道該如何是好。當時，同樣打算去智也家，在雨中奔跑的哈維發現了我。

哈維撿起一塊磚頭，用猛烈的速度衝向我們，並順勢用磚頭毆打那傢伙的腦袋。那個叔叔腦門噴血，四腳朝天地倒下來，而且還翻了白眼。

我們逃進了智也家，擔心警察會找上門來。我覺得那傢伙一定被我們打死了。過了很久以後，智也邀我一起去釣魚，結果那個叔叔居然也在場，嚇得我軟了腳。當時我目睹了驚人的一幕，不過事關智也的名譽，我不能多說。

高中的時候，附近的高中生常在智也家的社區頂樓吸食強力膠。智也和我為了練習打架，常去踹他們。那些人吸了強力膠，整個人都搖搖晃晃的，呈現慢動作狀態，怎麼踢怎麼中。

那是我唯一對別人施暴的時刻。如果一個人到死前的施暴量是固定的，我大概把一輩子的額度都用完了。我們踢了又踢，嘴裡還唱著歐～咧～歐咧歐咧歐咧～某天，那群太保在頂樓埋伏堵我們。

我真想讓大家看看當時智也逃跑的速度有多快。我簡直懷疑他是不是用了傳送術。被獨自留下的我不但被打得鼻青臉腫，還被撒了好幾泡尿。隔天，我在學校譴責智也，結果他哈哈大笑，笑得我都不好意思起來了。

我目送芳郎和黑木同學逐漸遠去的背影。兩人的淡影落在朝著夕陽徐緩延伸的自行車道上。

思念綿綿不絕。再這樣下去，搞不好我連對對胡都會開始懷念起來。

我的缺點是優柔寡斷。

對於這種人而言，事情總是來得突然；無論是好事、壞事、相識、別離，全都在察覺之前就結束了。

現在的我所能做的，就是坦然面對已經發生的事，接受已經結束的事，不再慌張失措。

這就是我開拓自己的道路的第一步。

偏執狂

視野開始轉暗。

身體猶如被火焚燒一般滾燙。然而，在灼熱的體表底下，卻有凍人的寒氣縈繞。

一定是靜電造成的。

思考迴路開始連結末世的幻象。映入眼簾的是腦內物質創造的記憶碎片，如今已然不具任何意義。

我用鑽頭在映像管上鑽孔，注入汽油和健怡可樂混合而成的自製凝固汽油。

並將以這種方法製成的電視炸彈放進某個大型家電量販店的倉庫裡。宅配員會把這臺電視送到某個家庭。一旦安裝插電，就會引起大爆炸。

什麼寄物櫃炸彈客？

我可不想被取這種無聊的名字，淪為大眾的娛樂。恐怖與混亂，純粹的無政府主義，這才是該追求的事物。

是靜電造成的，不然無法說明為何爆炸。

我完全沒有感覺。火焰在皮膚上冒煙，照理說該有烤肉的氣味，但是卻連氣味也沒有。

不幸是不是無底深淵，無法一概而論。不過，唯有一件事我敢確定，就是即使以為現在已經身在谷底，往往還能更下一層樓。

這個道理最好牢牢記住。

在毫無感覺的狀態之下，每過一秒就有數億細胞崩壞。

我的去路遍布石頭（實踐英語、地球步方、地獄犬）——智也青翠的水田彼端是林立的椰子樹。才剛下過一場強烈的午後雷陣雨，空氣十分清新，偶爾有水牛泡在水窪裡。小鬼們在髒兮兮的河裡開開心心地游泳。

離開一個車站，到下一個車站之間，這樣的田園風景連綿不絕。

我迷迷糊糊地想起好萊塢製作的戰爭電影。熱帶叢林、直升機的螺旋槳聲、無線電通話、大麻、吉米・罕醉克斯、家人寄來的信。這正是人類的想像力早在很久以前就變成觀光地的證據。

我在木椅上挪動屁股，望著車窗外流動的風景。

逐漸西沉的巨大太陽不斷地追逐著我。夕陽餘暉的漸層色相互重疊，被上空落下的群青一點一滴地覆蓋。

坐在對面的是個骨瘦如柴、渾身炭味的老爹，一隻眼呈現白濁狀態。他是從大城的下一站上車的，我們一眼就看出彼此不對盤，所以一直沒有交談。

沉默與列車的規律晃動。時值黃昏，不管轉向哪一側都是田園，再加上想像力已經達到界限，換作任何人，應該都會忍不住回顧人生吧！

那一天，我在口袋裡留下必要的錢，把剩下的全都存進花旗銀行。接著，我尋找可以搭乘的班機，買下了飛往曼谷的機票。

轉機時，我打電話給哈維，大力嘲笑他。

班機雖然稍有延誤，還是在當天傍晚抵達了曼谷，而我也在九點之前入住了考山路的旅社。

事情居然如此一帆風順，教人難以置信。我忍不住面露賊笑。對面的老爹用宛若看穿了一切的目光看著我。

嘿，誰理你！

來到泰國，轉眼間過了一個月。

我懷想這段期間發生的事。

抵達曼谷的第三天，我無聊得快發瘋了；於是我逃到清邁，但同樣無聊得要死。

想召妓，卻又怕得愛滋病，不敢付諸行動。

在偶然相識的十六歲和尚的邀請之下，我跟著他前往他的村子。他用英語跟我說就在附近，我便和他一起搭上了巴士，誰知巴士一開就是十小時。

這種感覺上的差異實在令人無奈。

我疲憊不堪地住進了那傢伙的寺院，帶著滿腔怒氣與和尚們一同生活起居。

和尚名叫蘇農，左肩上有烏龜刺青；雖然現在在當和尚，卻是個宣稱以後要白手起家變成大富翁的俗物。他的桌邊牆壁上貼著席維斯史特龍的海報，藍波的胯下被畫上了雞雞塗鴉。這是十六歲小鬼舉世共通的價值觀。

寺院生活純樸，花不了多少錢。雖然吃的是化緣得來的剩飯剩菜，至少能夠填飽肚皮。說歸說，泰國的和尚過了中午以後，直到隔天早上之間都不能進食。我不知道為什麼，總之規矩是這樣。

想當然耳，我也被迫遵從這個規矩，體重以三天一公斤的步調下降，瘦成了皮包骨。

蘇農雖然是和尚，卻會吸大麻。在這個只要稍加努力，連我都能當上村長的鄉下地方，沒有其他事情可做，不過至少有葉子可抽。

某一天，我和蘇農一起哈一管的時候，一個老和尚突然詢問我信什麼宗教。當時我吸茫了，天不怕地不怕，挺起胸膛表示我不信宗教；聽了我的答案，老和尚面紅耳赤地破口大罵，把我批得一文不值：沒有信仰的人跟畜生沒兩樣，你是阿貓阿狗！

媽的，臭老頭，你沒聽過〈想像〉嗎？約翰，你的理想似乎沒有傳播到泰國來。

當天，蘇農送我到巴士站。我懷著苦澀的感情，又坐了十小時的巴士回到曼谷。蘇農送了我一袋大麻當作餞別禮。真是個善解人意的傢伙。

再次定居考山路的生活就跟臥床老人的生活一樣無聊至極。要說有什麼風波，就只有結伴投宿旅社的 Mr. 金和 Mr. 李剛來就跟英國人打了一架這件事。

在只能容納一張床的房間裡睡到中午，閒晃到法政大學吃飯，吃的大多是綠咖哩配可口可樂。

由於昭披耶河流經旁邊，餐廳十分涼爽。我在那兒看書，消磨時間。背過的今日英語實在太多，起初背的幾乎都已經忘得一乾二淨了。

我有時候也會去體育館閒逛。偶爾會有學日語的女孩找我說話，但我從未曾成功把她們拐上床。

混到傍晚以後，就是逛逛盜版ＣＤ店、四處看看有沒有吃得到的女人、在咖啡店前喝勝獅啤酒、回房間打手槍或呼大麻。

說到女人，有一次我誤把韓國人當成日本人，向對方搭訕。她的手上拿著《地球步方》，所以我以為她是日本人，不過那本《地球步方》其實是韓國版的《地球步方》。

我是在暹羅廣場跟她搭訕的，這個小小的誤會讓我們兩人莫名興奮，結伴去看泰拳；之後我理所當然地進了她的房間，使出我靠麻美練成的各種絕技。

玩了足足一個禮拜，她在昨天啟程前往馬來西亞。我一路送她到廊曼車站，雖然自認已經毅然接受這段豔遇結束的事實，但是當列車駛離月臺，從視野中消失以後，我又孤獨得發慌。

情急之下，我跳上了下一班列車。

逛完根本不想看的寺院廢墟之後，我又搭乘列車返回曼谷。夜幕低垂。

走出廊曼車站的我不想直接回旅社，便在中國城閒逛。

我走進了映入眼簾的店裡，吃螃蟹鼓舞自己。

用辣椒和香茅炒過的螃蟹非常可口，可是付帳的時候，我和店裡的人起了爭執，差點被一個年輕人毆打。如果不是那個長得活像福神的老頭子從裡間出來替我說情，我大概真的會挨打。

老頭子得知我是日本人，便用流利的日語說起從前日軍來村子裡時的事。他救我在先，我不能怠慢，只好乖乖聽他講了近一個小時的往事。

老人沒有未來，所以只會回顧過去。反過來說，當一個人變得只會回顧過去時，就已經加入了老人的行列。這麼說來，只要專注於前方，就不會變成老人了；至少不會變成抓住可憐旅人加以拷問的老人。

趁著老頭子抽完了菸，我走出店門，跳上正好經過的嘟嘟車。

沉重的夜氣劃破了轟隆作響的爆音。排放大量廢氣的嘟嘟車活像被擊落而冒火的戰鬥機。

置身於街頭的喧囂之中，便會體認到自己在這個世上有多麼孤單。

花旗銀行裡的兩千萬圓我幾乎沒有動用。人生好不容易開始轉動，為何我的心還是一樣沉重？

不，別再自欺欺人了。

我鑄下了大錯。哈維的聲音在耳邊重新浮現。那道被人背叛而受傷的聲音。我閉上眼睛，將鮮豔刺目的霓虹燈趕出視野。模糊的色彩穿透眼皮，流逝而去。

媽的，想再多也於事無補。

潑出去的水再也收不回來了。我還年輕，成不了只會回顧過去的老頭子。

我把嘟嘟車扔在考山路的入口。

路上的霓虹燈燦然生光，窮酸白人踐踏著更為窮酸的泰國人。泰國人虎視眈眈，滿腦子想的都是如何從窮酸白人身上多搜刮一毛錢。

快被強烈的徒勞感壓垮的我拖著涼鞋走向旅社，老狗甘帕跑上前來，倚著我的腳邊，並用舌頭舔我的手。

為了避免弄髒短褲，我把褲管捲起來，瞥了甘帕主人的攤位一眼。CD店的塔威正開朗地揮著手。

另一條狗也靠了過來，是條活像來自地獄的危險野狗。我對坐在原地吐舌頭的甘帕聳了聳肩，告訴牠今天我沒帶食物。

甘帕瞪著我，威嚇似地汪了一聲，和地獄犬一起離開了。

待噴著白煙的機車經過以後，我才走向塔威的攤位。

桌子上的揚聲器大聲地播放著雷鬼樂，桌面擺滿了盜版ＣＤ。

塔威面露賊笑，從桌子底下拿出幾張ＣＤ。

我皺起眉頭來，隨即又想起自己說過的話。「Sly & The Family Stone?」

「Yes.」

塔威說道，用沒有大拇指的手排列ＣＤ。跟英語一樣爛的人對話，反而比較容易溝通。

聽說塔威是在用砍刀剖椰子的時候不小心把拇指連根砍掉了。聽到這個故事時，我買下了理奇馬利與旋律創作者合唱團的ＣＤ，並聊了一會兒的音樂。

我看著塔威替我找來的ＣＤ。當我拿起克羅斯比、史提爾斯、納許與楊的ＣＤ時，塔威用有大拇指的手比了個讚，所以我決定買下來。

當我付錢時，發現桌上的一角是古典樂專區。

我漫不經心地拿起貝多芬的ＣＤ，塔威的眼中浮現了尊敬之色，或許是被我的音樂造詣之深感動了。所以，我不得不付錢買下根本不想要的ＣＤ。

「你在買什麼？」

突然有人窺探我的手邊，害我險些弄掉了找回的零錢。

Mr. 金從我的手中拿走貝多芬。「這是要給我的嗎？」

我從男人手裡搶過CD。「別鬧了。」

「嘻，心情這麼差。」打赤膊的Mr. 李調侃道：「女人跑了嗎？」

「囉嗦。」

Mr. 李完全不把我的焦躁放在心上，和同樣缺了手指的塔威擊掌。

「已經享受了一個星期，也夠了吧？」

我側眼瞪著幸災樂禍的Mr. 金。「你們接下來有什麼打算？」

「我們說好要去帕蓬看脫衣舞，一起去吧！」

「我是在問今後的打算。」

「你有什麼打算？」

「不用管我。」

「哎，就交給你決定吧！」

「啊？」我忍不住轉向Mr. 金。「等等，這是什麼意思？」

Mr. 金和Mr. 李對望一眼，聳了聳肩。「就是要跟你走的意思。」

「欸，我向來是一個人旅行的。」

「別這麼冷淡嘛！」Mr. 李從旁插嘴。「別說這個了，今晚好好揮霍一下吧！反正錢多的是。」

「說到錢……」我對Mr. 金說道：「要分就快點分一分吧！」

「別這麼著急嘛！」

「我不是在著急。」我粗聲說道，塔威有些畏怯。「話說在前頭，我沒打算跟你們一起旅行。」

「又來了。」Mr. 李用手臂環住我的肩膀。「明明心裡不是這麼想。」

「別鬧了。」我甩開他的手臂。「我最討厭這種互相依賴的關係了。」

「沒有錢，別說旅行了，什麼事也不能做。」Mr. 李嘲諷道：「有兩千萬，在東南亞可以拿來當賭本大賺一筆，當然得好好運用，對吧？」

「懷有這種想法的人最好被蠍子螫死。」

「你說什麼！」

我不得不承認。

我鑄下了大錯。不管別人怎麼說，從臺北打電話的時候，我都不該透露自己的所在地。我該在盡情嘲弄哈維過後立刻掛斷電話。

「錢太多，就會忽略眼前的事物。」我冷冷地瞥了 Mr. 李一眼。「就像你們一樣。」

「哼，耍什麼帥啊！」

「瞧。」我對 Mr. 金說道：「我們根本無法一起旅行吧？價值觀完全不一樣。」

「『會永遠持續的事物，不是你想持續就能持續的，而是不管你再怎麼努力甩掉它，都會自動巴上來。』」

我瞇起眼睛。

「對吧？」

「所以呢？」

「我已經不想再勉強抓住什麼了。」Mr. 金拿起手上的卡片當扇子搧風。「你也不必再勉強甩掉什麼。」

我嘆了口氣，用下巴指著那張卡片，改變話題。「那是什麼？」

「風景明信片。」

Mr. 金揚了揚風景明信片。是某間寺院的夕照，只有沒品味的人才會買的東西。

「我打算等風頭過了以後寄給死胖子。你也寫句話吧！」

你憑什麼命令我啊？我瞪了他一眼，而 Mr. 金更加凶狠地瞪了回來。

我連忙撇開視線，只見 Mr. 李正一面賊笑，一面物色塔威遞過來的色情ＶＣＤ。

混蛋！

到頭來，斑馬的世界根本不存在嗎？

再怎麼找也沒用？

只是白費工夫？

無論前往何處，四面八方都是比獅子更加惡質的斑馬，而且活像鞋底沾到的大便一樣，怎麼抹也抹不乾淨。

人生諸事就像是小便時放出的屁，不是自己能夠控制的。

縱使打電話時脫口而出的話語並非純粹出於惡意，卻也不是純粹出於善意。

我承認。

可是，就像那個誰說的一樣，列寧嗎？通往地獄的道路都是由善意鋪成的。若是如此，通往天國的道路上遍布碎石子般的惡意，也不足為奇吧？

反正這個星球才不會管我怎麼想，一樣照常運轉。無論是善意或惡意，謊言或真實，同志或達賴喇嘛，全都摻在一塊。想贏過這種沒血沒淚的世界，根本不可能。既然如此，就只能偷跑了。

無盡延伸、沒有終點的道路。若是不強迫自己相信目的地的存在，任何人都會半途而廢。

混蛋 Mr. 金和腦殘 Mr. 李。無論假護照上的名字如何改變，這對傻屄現在在這裡，或許就足以證明他們不再是從前的傻屄了。

在 Mr. 金的眼力震懾之下，我不情不願地朝著風景明信片伸出了手。

哎呀，隨他去吧！

但願這兩個傢伙吃到臭掉的烏賊，嚴重上吐下瀉。

嬉文化

被愛狠咬一口的掃把星

（原名：愛が噛みつく悪い星）

作者／東山彰良　譯者／王靜怡
發行人／黃鎮隆　總經理／陳君平
經理／洪琇菁　國際版權／黃令歡、梁名儀
執行編輯／劉銘廷　美術編輯／方品舒
企劃宣傳／邱小祐、劉宜蓉　文字校對／施亞蒨
發行／英屬蓋曼群島商家庭傳媒股份有限公司城邦分公司　尖端出版
台北市中山區民生東路二段一四一號十樓
電話：（〇二）二五〇〇—七六〇〇（代表號）
傳真：（〇二）二五〇〇—一九七九
中彰投以北經銷（含宜花東）／楨彥有限公司
電話：（〇二）八九一九—三三六九
傳真：（〇二）八九一四—五五二四
雲嘉經銷／威信圖書有限公司　嘉義公司
電話：（〇五）二三三—三八五二
傳真：（〇五）二三三—三八六三
客服專線：〇八〇〇—〇二八—〇二八
南部經銷／威信圖書有限公司　高雄公司
電話：（〇七）三七三—〇〇七九
傳真：（〇七）三七三—〇〇八七
香港總經銷／城邦（香港）出版集團有限公司
香港灣仔駱克道193號東超商業中心1樓
電話：（八五二）二五〇八—六二三一
傳真：（八五二）二五七八—九三三七
E-mail：hkcite@biznetvigator.com
馬新經銷／城邦（馬新）出版集團　Cite(M)Sdn.Bhd.
E-mail：Cite@cite.com.my
法律顧問／王子文律師　元禾法律事務所
台北市羅斯福路三段三十七號十五樓
二〇二一年五月一版一刷

■中文版■

郵購注意事項：
1. 填妥劃撥單資料：帳號：50003021戶名：英屬蓋曼群島商家庭傳媒(股)公司城邦分公司。2. 通信欄內註明訂購書名與冊數。3. 劃撥金額低於500元，請加附掛號郵資50元。如劃撥日起 10～14日，仍未收到書時，請洽劃撥組。劃撥專線TEL：(03) 312-4212 ・ FAX：(03) 322-4621。E-mail：marketing@spp.com.tw

國家圖書館出版品預行編目資料

被愛狠咬一口的掃把星 / 東山彰良 著 ; 王靜怡譯 .
--初版. --臺北市：尖端出版, 2021.05
面 ; 公分.--(嬉文化)
譯自: 愛が嚙みつく悪い星
ISBN 978-957-10-9976-7(平裝)

861.57　　110004243